볼리비아 우표

볼리비아 우표 1 (큰글씨책)

초판 1쇄 발행 2020년 3월 25일

지은이 강이라
펴낸이 강수걸
편집장 권경옥
펴낸곳 산지니
등록 2005년 2월 7일 제 333-3370000251002005000001호
주소 부산광역시 해운대구 수영강변대로 140 BCC 613호
전화 051-504-7070 | 팩스 051-507-7543
홈페이지 www.sanzinibook.com
전자우편 sanzini@sanzinibook.com
블로그 sanzinibook.tistory.com

ISBN 978-89-6545-035-1 04810
978-89-6545-034-4 (세트)

* 책값은 뒤표지에 있습니다.
* 이 도서의 국립중앙도서관 출판예정도서목록(CIP)은 서지정보유통지원시스템 홈페이지(http://seoji.nl.go.kr)와 국가자료공동목록시스템(http://www.nl.go.kr/kolisnet)에서 이용하실 수 있습니다.(CIP제어번호: CIP2020011514)

강이라 소설집

볼리비아 우표 ❶

산지니

차례

쥐

벌써 몇 분째였다. 수진은 욕실 앞에 엎어져 있었다. 무릎을 꿇고 두 손으로 뒤통수를 감싸고 머리는 바닥에 처박은 채였다. 꺽꺽, 마른 울음이 목구멍을 할퀴며 넘어왔다. 바짝바짝 침이 말랐다. 풀썩 꺾인 무릎으로 타박의 고통이 밀물처럼 몰려들었다. 욕실용 슬리퍼가 발가락 끝에 아슬아슬하게 매달려 있었다. 전 세입자가 버리고 간 아이보리색 슬리퍼의 지압용 돌기마다 거무스름한 물때가 잔뜩 끼어 있었다. 나머지 한 짝은 보이지 않았다. 목이 잔뜩 늘어난 양말이 발바닥까지 밀려 내려가 있었다. 허옇게 튼 뒤꿈치가 앙상하게 도드라졌다. 발목이 시렸다. 냉기가 온몸으로 번져 올랐다.

그것은 쥐였다. 사과 씨처럼 작고 까만 눈을 가진 잿빛 털의 새끼 쥐였다. 그렇다고 큰 귀가 사랑스러운 미키, 미니 마우스는 아니었다. 어수룩한 톰을 괴롭히는 앙큼한 제리도 아니었다. 해묵은 기름기가 켜켜이 앉은 중화반점 환기통을 요리조리 쏘시고 다니며 살모넬라균을 옮기고 몸통을 채 보기도 전에 긴 꼬리의 흔적만 남기고 날쌔게 내빼버리는, 이름 그대로 시궁쥐였다. 어릴 적 수챗구멍 바깥으로 삐죽이 나온 꼬리를 고무줄인 줄 알고 잡아당기다 까무러치게 놀란 뒤로 수진은 쥐 소리만 들어도 기겁을 했다. 그 쥐가 저기, 욕실에 있었다. 욕조 가득한 물 위로 노랑 바가지를 타고 표류하고 있었다. 바가지는 조금이라도 움직이면 뒤집힐지도 몰랐다. 어쩌다 그렇게 됐는지 도무지 알 수 없었다.

수진은 바닥을 밀어내며 상체를 일으켰다. 쏟아져 내린 머리카락 사이로 실핀 하나가 덜렁거렸다. 나이 들어 보이는 긴 얼굴이 싫어 늘 내리는 앞머리지만 집에서는 그러모아 바투 핀을 꽂았다. 뻗친 앞머리를 손으로 잡아 내리며 코끝에 기우뚱하게 매달린 안경을 추켜올렸다. 이내 눈앞이 우윳빛으로 부예졌다. 엎어지며 손등 위로 얼굴을 뭉갠 탓이었다. 얼룩진 렌즈 너머로 오후의 잔 볕이 먼지처럼 부유했다.

쾅쾅쾅.

—401호!

쾅쾅.

—401호!

카랑카랑한 목소리가 웃풍을 따라 문틈을 비집고 들어왔다. 고기압의 북풍처럼 냉랭한 소리였다. 아줌마가 401호, 401호, 하고 부를 때마다 수진은 마치 자신의 방 번호가 죄수 번호라도 되는 것처럼 움찔거렸다.

—401호 거기 있어? 거기 있지? 열어, 문.

녹슨 철문이 덜컹거렸다. 마구잡이로 문을 흔들어대고 있었다. 문짝을 통째로 뜯어낼 기세였다. 썩은 이처럼 옥탑방이 사방으로 흔들렸다. 올 여름까지만 해도 수진은 같은 건물의 2층 원룸에 살았다. 리모델링을 한 지 얼마 되지 않은 방은 깨끗하고 넓었다. 볕도 잘 들고 웃풍도 없었다. 하지만 일을 쉬게 되면서 비싼 월세를 도저히 감당할 수 없었다. 결국 월세가 십오만 원이 더 싼 지금의 옥탑방으로 옮길 수밖에 없었다. 팔 개월 전의 일이었다.

주인아줌마는 1층에서 건강원을 운영했다. 매일같이 배와 양파를 달이는 들큼한 냄새와 흑염소의 누린내가 뒤섞여 바람을 타고 옥상까지 올라왔다. 그때마다 수진은 건물 전체가 덜 말린 한 마리 생선처럼 느껴졌다. 비가 오는 날이면 수진은 늘 자신의 몸에 코를 대고 킁킁거리며 냄새를 맡곤 했다.

—쥐, 쥐가요…….

—뭐라고? 쥐?

—욕실에, 아니 욕조에, 그러니까 바가지에…….

—뭐래니? 도대체 쥐가 뭐? 답답해 죽겠네. 열어, 당장!

수진은 일어서려다 그대로 주저앉고 말았다. 오른발 뒤꿈치부터 찌르르 다리가 저려왔다. 왼발을 목발처럼 딛고 오른발을 질질 끌며 몇 발짝 떼자마자 다시 문이 덜컹거렸다. 바닥을 긁어대는 쇳소리와 함께 문이 삐거덕거렸다. 아귀가 맞지 않아 뒤틀린 문짝은 서너 번을 더 흔들리고 나서야 휠쩍 열렸다.

—왜 이러니, 문? 별게 다 신경을 건드리네.

아줌마의 신경질적인 발길질에 문짝이 뭇매를 맞았다.

—작년엔 안 이랬다. 고쳐놓고 나가.

확인 사살하듯 아줌마는 정확한 손가락질로 문 아래쪽을 가리켰다. 그리고는 팔짱을 끼며 다분히 못마땅한 눈빛으로 수진을 바라봤다.

—그게요…… 쥐가, 이상하게도…….

—어딨어, 쥐?

수진이 대답도 하기 전에 아줌마는 신발을 신은 그대로 방으로 들어섰다. 철문만이 실내와 실외의 경계를 지을 뿐 현관과 방의 경계는 애매했다. 대학 졸업 선물로 엄마가 사준 낡은 정장 구두 한 켤레와 삼선슬리퍼, 뒤축이 반쯤은 무너져 내린 운동화 두 짝이 놓인 자리가 그대로 현관이었다. 방을 옮긴 첫 날, 신발을 밖에 벗어뒀다가 비에 젖어 낭패를 보았다. 그 뒤로는 문 안쪽에 욕실용 발판을 깔아 현관 대신으로 사용하였다. 아줌마는 성큼성큼 욕실 쪽으로 걸음을 옮겼다. 두세 걸음이 전부지만 딛는 자리마다 신발 도장이 꾹꾹 찍혔다. 며칠 전 내린 눈이 신발 밑창에 묽은 종이풀처럼 엉겨 붙었다.

—꼴랑 300뿐인 보증금에. 고것마저 방세로 알뜰히 까먹고 있는데. 쥐까지 잡아 달라 하고. 아이고야. 염치없다. 그치?

방안을 휘 둘러보던 아줌마가 억지 동의를 구하듯 수진을 말끄러미 쳐다봤다. 수진은 땡감을 씹어 삼킨 듯 입이 떫었다.

—어라. 안 열리잖아. 잠긴 거야?

아줌마가 이번엔 욕실 손잡이를 흔들어댔다. 누렇고 동그란 욕실 손잡이를 아무리 좌우로 돌리고 앞뒤로 당기고 밀어도 욕실 문은 꿈쩍도 하지 않았다. 방 안이 텅텅 울렸다. 수진이 돌려봐도 마찬가지였다. 잠근 기억은 없었다. 놀라 뛰쳐나오며 그만 잠금 버튼을 누른 모양이었다.

—왜 이러니 정말? 401호야. 401호야.

아줌마는 분을 꾹꾹 눌러 담아 독기 가득한 얼굴로 수진을 향해 분연히 돌아섰다. 앙다문 입술 끝으로 억지웃음이 진물처럼 흘렀다.

—좋아 좋아. 괜찮아. 잡으면 돼. 그 전에 방을 빼든가 방세를 내든가. 오케이?

그럼 씻는 거는요, 라고 묻고 싶었지만 수진은 꿀꺽 말을 삼켰다.

—그럼, 쥐는요? 오도 가도 못하고 물 한가운데 둥둥…….

아줌마 얼굴이 수진의 코앞까지 쑥 들어왔다. 수진은 엉거주춤 엉덩이를 뒤로 빼고 고개를 치켜들었다. 빛이 스미지 못한 천장 구석으로 실핏줄처럼 뻗어나간 거미줄이 보였다.

—지금 쥐새끼 걱정할 때가 아니지.

아줌마는 문턱에 신발 뒤축을 툭툭 쳐댔다. 이제야 털다니. 오고 간 발자국이 수진의 눈앞에서 어지럽게 돌았다. 아줌마가 가자미눈으로 정장 차림의 수진을 위아래로 훑었다.

—401호. 오늘 면접 봤어?

시선은 삐딱했고 말투는 못마땅했다.

—세밑에도 면접 보는 데가 있다니? 그런 회산 안 봐도 비디오야. 맨날 면접만 보면 뭐 한다니. 공부도 잘했다며? 어쨌든, 401호야. 취업이든 월세든 성의를 보이자. 응?

혀를 끌끌, 두 손은 탈탈. 아줌마의 제스처는 퍼포먼스에 가까웠다. 고개까지 절레절레 흔들며 좁은 옥상을 한 바퀴 돌고 나서야 아줌마는 계단참으로 사라졌다. 수진은 발등에 발바닥을 포갰다. 냉기 위로 미지근한 온기가 포개졌다. 스커트 아래로 살구색 스타킹이 느슨했다. 본연의 탄성을 잃은 지 오래였다. 왼쪽 뒤꿈치는 스타킹에 작은 구멍까지 만들었다. 다행히 구멍은 아직 구두 안에 숨어 있었다. 코가 더 나가지 않도록 딱풀을 발라주면 그럭저럭 두세 번은 더 신을 수 있다. 남색 재킷의 소매는 이미 날깃날깃했다. 두 번이나 시접을 올려 수선을 한 탓에 소매 단은 더 이상의 여유가 없었다. 재킷의 팔꿈치는 혹처럼 튀어나왔고 스커트의 골반 부위는 반질거렸다. 졸업을 앞두고 처음으로 지원한 대기업 인턴십에 합격했을 때 엄마가 사준 정장이었다. 엄마는 비상금을 털어 수진에게 정장 세 벌을 사 입혔다. 인턴은 정규직 전환이 가능한 계약직일 뿐이라고 수진이 알기 쉽게 말해줬지만 엄마는 무심히 흘려들었다. 수진 또한 사회생활을 갓 시작한 새내기로서 그 어느 때보다 자신감에 차 있었기 때문에 지레 엄마의 기대를 꺾고 싶지 않았다. 수진은 천천히 옷을 벗었다. 낡은 정장이 허물이 되어 바닥으로 떨어졌다. 수진은 재킷과 스커트를 옷걸이에 반듯하게 걸고는 페브리즈를 꼼꼼히 뿌렸다.

옥탑방은 특이한 구조로 방보다 욕실이 더 컸다. 욕실부터 만들고 남는 자리에 방을 욱여넣은 모양새였다. 욕실에는 세탁기도 들어가고 선반형 거울이 달린 세면대도 들어가고 옥탑방에 전혀 어울리지 않는 욕조까지 너끈히 들어갔다. 바랜 핑크빛의 욕조는 쓸데없이 깊고 넓었다. 수진이 두 발 뻗고 누워도 충분할 정도의 사이즈였다. 계절이 바뀔 때 이불 빨래용으로 한 번 썼을 뿐 욕조 안에는 세제와 변기 솔 그리고 롤 화장지같이 치우기 애매한 자질구레한 것들로 가득했다.

이틀 전이었다. 옥상 출입이 거의 없던 주인아저씨가 오후 늦게 올라와서는 얼른 수도밸브를 열라고 닦달했다. 올겨울 들어 가장 큰 추위가 온다는 뉴스를 봤으니 수도관이 얼어붙기 전에 물부터 쫄쫄 흘리라는 것이었다. 윗집 처자에 대한 걱정과 배려라기보단 동파 사고의 번거로운 수고를 미리 방지하기 위함이었다. 옥상이 얼면 1층까지 골치 아파진단 말도 빼먹지 않았다.

그냥 흘려버리기는 아까워 욕조를 비우고 물을 틀었다. 동파보다 물세가 더 걱정이었다. 반나절이 지나 욕조 가득 물이 차오르자마자 수진은 얼른 밸브를 잠가버렸다. 수도가 언다 한들 욕조 물로 버티다 보면 저절로 녹을 것이었다.

몇 번째인지 셀 수도 없는 면접을 끝내고 돌아온 참이었다. 눈 안 가득 가는 핏발이 섰다. 거의 잡아 뜯듯이 렌즈를 빼내자 시큰거리는 동통이 밀려왔다. 소매를 대충 걷어 올리고 욕실로 들어섰다. 욕실에는 이미 겨울 최고의 한파가 와 있었다. 날숨을 따라 허연 콧김이 나왔다. 따가운 눈을 번갈아 감았다 뜨며 거울 앞에서 머리를 묶는데 등 뒤로 시선이 느껴졌다. 미간을 잔뜩 좁히며 거울 가까이 얼굴을 가져갔다. 대충 뭉쳐 던진 양말 같기도 하고 갈색 때수건 같기도 했다. 수진은 선반장을 더듬어 안경을 찾았다. 안경을 추켜올리며 고개를 돌렸다. 대뇌가 상황을 인지하는 데 필요한 몇 초가 흐른 뒤 수진은 비명을 지르며 뛰쳐나왔다.

쥐, 쥐가 거기에 있었다. 밀실과도 같은 욕조 한가운데에 몸집이 아주 작고 재색의 긴 꼬리를 가진 쥐가 바가지를 뗏목처럼 타고 있었다.

착신음이 떨어지고 한참이 지났다. 끊으려는데 딸깍 수신음이 들렸다.

—늦게 받네? ……내 번호 안 떠?

—그냥…… 보고 있었어.

저편에서 길고 진한 한숨이 무선을 타고 넘어왔다.

—……왜?

—언제부턴가 네 번호만 뜨면 심장이 두근거려. 빚쟁이도 아닌데 왜 이런다니.

—더하겠지…… 빚쟁이보다…….

수진은 엄지손톱으로 나머지 네 손톱 밑을 꾹꾹 찔렀다. 긴장하거나 곤란할 때 나오는 버릇이었다.

—잘 있다가도 막 눈물이 쏟아져. 아빠는 나보고 갱년기라더라.

—갱년기는 무슨, 아빠는?

—몰라. 어떻게 돌아가는지 이제 난 묻지도 않는다. 이번에도 말아먹으면 그냥 오지 산골에 들어가 칡뿌리나 캐 먹고 살든가…….

엄마의 말끝으로 가느다란 흐느낌이 섞여 들었다. 작년에 폐경을 겪고 난 후로 부쩍 몸과 마음이 약해지고 신경이 예민해져 있었다.

—우리 첫째가, 우리 집 기둥이…… 왜 이리 안 풀리는지 모르겠어, 엄마는……. 인턴인지 뭔지 한다고 1년 동안 밤낮없이 뛰어다녔는데도. 안 쓸 거면 뽑지나 말든가.

—요새 계약직이 다 글치 뭐…….

—거긴 그렇다 쳐도. 지난번은? 금융 인턴이라고 뽑아놓고는. 열심히 하면 된다고 했잖아. 근데, 근데 결국 어떻게 됐어? 보험만 열 몇 개 빼 갔잖아. 점수에 반영한다고 해서 우리 식구 앞으로 든 것만 해도 몇 갠데. 그것뿐이야? 이모네며 작은집이며, 한 다리 건너 친구까지. 차마 또 잘렸다고 말을 못해.

숨길 수 없는 한숨과 탄식과 흐느낌이 뒤섞여 들렸다.

—또 운다. 우리 엄마…….

—자랑스러운 우리 딸이었는데……. 공부도 잘해서 다 잘될 줄 알았는데…….

수진은 매운 코끝을 손가락으로 지그시 눌렀다. 맑은 콧물이 흘렀다. 부러 목소리를 높였다.

—올해도 내일이 마지막이네. 연말인데 집에도 못 가고. 죄송해요.

—그래…… 와봐야, 온들…….

엄마의 말끝이 흐려졌다. 수진은 인사를 하는 둥 마는 둥 전화를 끊었다. 진짜 빚쟁이가 된 듯 당장 어딘가로 숨어들고 싶었다. 수챗구멍이라도 좋으니 좁은 틈으로 비집고 들어가 꼬리까지 말아 넣고는 그저 반나절만 숨어 있고 싶었다. 아무도 찾지 못하게. 수진은 폰을 내려다보았다. 정작 하고 싶은 말은 하지 못했다. 밀린 월세며, 낡다 못해 닳아버린 정장이며, 뒤축이 꺾여버린 구두에 대해서도 아무 말도 못했다. 쥐는 어떻게 잡는지에 대해서도……. 목구멍까지 그득그득 차오른 말들이 명치로 쓸려 내려가 그대로 체기가 되었다. 수진은 먹먹한 가슴을 쓸어 내렸다.

골목의 새벽은 소리로부터 온다. 멈칫거리며 골목을 훑는 쓰레기 수거차의 후진 멜로디 위로 배달용 오토바이의 달음박질 소리가 화음처럼 겹쳐든다. 소리는 밤을 거둬 간다. 날이 밝아오면 가로등은 홀로 멸할 것이다. 수진은 유리문 너머 골목 끝을 내다보았다. 새벽의 첫 배달 트럭이 올 시간이었다. 마감 30분 전인 수진에게는 마지막 입고였다. 아직 온기가 남아 있는 삼각김밥과 햄버거, 뽀송뽀송한 식빵의 결이 부드러운 샌드위치, 고슬고슬한 밥과 색색의 반찬이 신선한 도시락까지. 단 하루의 유통기한을 가진 먹거리들이 실려 올 것이다. 수진은 유통기한이 지난, 그래서 이제 곧 버려질 삼각김밥을 한 입 베어 물었다. 차가운 밥알이 씹기도 전에 입안에서 흩어졌다. 전자레인지에 살짝 돌렸으면 좋았을걸. 입꼬리로 묻어나는 참치 마요 소스를 손등으로 닦아내며 수진은 입고 전표를 들여다보았다. 날짜가 지난 빵, 김밥, 샌드위치는 아르바이트생의 몫이다. 먹어도 좋고 가져가도 좋다. 점장의 아량이라기보다는 편의점의 암묵적 관습에 가까웠다. 유통기한이 지나버린 것들을 꾸역꾸역 먹고 있으면 자신조차도 제 기한을 놓친 샌드위치처럼 느껴졌다. 겉은 멀쩡하고 맛도 그대로지만 더 이상의 상품 가치는 없는 폐기 직전의 샌드위치.

정말 뭐든 하나요? 그럼요. 뒷조사는 빼고요. 흥신소는 아니니까요. 가격은 어떻게 하는데요? 일에 따라 달라요. 뭔데요? 그게…… 쥐가 있어요. 밤 12시가 넘은 시간에도 '해주세요 심부름센터'는 열려 있었다. 20분에 2만 원이요. 추가비용 있습니다. 너무 비싸……. 펩시를 채워 넣던 손에서 폰이 미끄러졌다. 앞치마 위로 떨어진 폰을 간신히 무릎으로 받아내 다시 귀에 갖다 대자 멀어지는 소리가 들렸다. 그럼 직접 잡으시든가.

쥐를 잡을 수 있는 여러 가지 방법을 생각해본다. 연극 「쥐덫」이 떠올랐다. 크리스티가 영국 여왕의 생일 축하 선물로 쓴, 눈으로 고립된 산장에서 일어나는 살인 사건을 다룬 희곡으로 그와 처음으로 봤던 연극이었다. 그날, 혜화동에도 연극 속 배경처럼 눈이 많이 내렸다. 둘은 손을 잡고 눈길을 걸어 가까운 서점으로 가 동명의 소설을 골랐다. 서로에게 해문출판사와 황금가지의 『쥐덫』을 선물했다. 벌써 몇 년 전의 일이었다. 수진은 책꽂이 구석에 꽂혀 있는 붉은 글씨의 『쥐덫』을 떠올리다가 머리통을 흔들며 도구로서의 쥐덫으로 생각을 돌렸다.

쥐덫은 쥐를 잡는 가장 보편적인 방법이다. 욕실 문 앞에 쥐덫을 놓은 뒤 문을 열고 쥐가 걸려들기를 기다린다. 하지만 이미 쥐는 쥐덫에 걸려 있지 않은가. 노랑 바가지 안에서 무게 중심의 추를 잡고 간신히 버티고 있을 쥐에게 얼른 뛰어나와 새 쥐덫에 발 한쪽을 들이밀라고 할 수는 없다.

쥐 끈끈이는 소용이 있을지도 모른다. 긴 소매 옷과 분홍색

고무장갑으로 중무장을 한 후 철물점에서 구한 끈끈이를 양손 엄지와 검지로 살짝 집어 든다. 그리곤 조심스럽게 욕조로 다가가 바가지 위로 끈끈이를 덮은 뒤 가운데를 꾹 누른다. 그러면 쥐의 머리나 등, 못해도 꼬리는 달라붙을 것이다. 빈 바가지로 쥐의 생포를 확인한다. 그다음엔…… 그다음엔, 어쩌지.

사촌오빠는 쥐를 보고도 수진처럼 놀라지 않았다. 수챗구멍 밖으로 나온 쥐꼬리를 한참이나 흥미롭게 지켜본 뒤 수진을 향해 검지와 중지를 펼쳐 들더니 두 손가락으로 싹둑싹둑 흉내를 냈다. 영문도 모른 채 수진은 냉큼 달려가서 반짇고리에서 가위를 꺼내 왔다. 무겁고 투박한 옛날 가위였다. 사촌오빠는 양손으로 가위를 브이 자로 벌린 채 수진을 향해 씩 웃더니 그것을 단번에 싹둑 잘랐다. 동시에 수진은 새된 비명을 질렀다. 마치 제 꼬리가 잘려나간 듯 꼬리뼈가 화끈거렸다. 수진은 뒷걸음질 쳐 벽 모서리에 몸을 바짝 붙였다. 눈자위가 뜨거워졌다. 사촌오빠는 한 손을 치켜들었다. 전리품인 양 오빠의 손끝에서 쥐꼬리가 덜렁거렸다. 수진은 눈을 질끈 감았다. 움켜쥔 손 안에서 손톱이 살을 파고들었다. 그날 밤 수진은 악몽을 꾸었다. 짙은 재색 비늘로 덮인 그것이 점점 길어지고 두꺼워지더니 마치 뱀같이 바닥을 기기 시작한다. S자로 유영하듯 수진의 발치로 느릿느릿 다가오던 그것은 어느 순간 어린 수진의 발목을 휘감는다. 털어내려 발버둥 칠수록 그것은 발목을 더더욱 깊이

옥죄어온다. 물먹은 채찍처럼…….

우리 회사에 적합한 인재가 아닙니다. 다음 기회에 일할 수 있기를 바랍니다, 이미 인원 보충이 끝났습니다, 다음 공고를 기다려주세요, 와 같은 거절의 멘트가 문자와 전화로 며칠에 한 번씩 날아들었다. 미안하다, 아쉽다, 아깝다 등등의 다양한 멘트로 둘러댔지만 결론은 불합격이고 탈락이었다. 아예 연락이 없는 회사도 많았다. 연락을 주겠다는 시한을 훌쩍 넘겼다는 게 무슨 의미인지 알면서도 수진은 매번 몇 번을 망설이다 확인 전화를 했다. 기어들어 가는 목소리로 아직 연락이 없어서요, 라고 말하면 담당자에 따라 반응은 달랐다. 너무나도 미안한 목소리로 어쩌죠, 라고 말하며 되레 수진을 더 미안하게 만드는 사람이 있는 반면에, 연락 없으면 대충 눈치 채셔야죠, 라며 대놓고 퉁을 주는 사람도 있었다. 이러나저러나 무안하기는 마찬가지였다. 수진은 액정의 문자를 지우듯 문질렀다. 문자가 사라진 액정 위로 초췌한 얼굴이 비쳤다.

—또.

곱슬머리가 카운터를 툭툭 치며 수진을 향해 돌아섰다. 아침 파트인 곱슬머리는 두 달 뒤 입대를 앞둔 휴학생이었다. 밤 파트인 수진과는 석 달째 아침 8시마다 교대를 하면서 제법 친해졌다. 훈련소 들어갈 때까지 실컷 기르겠다던 반곱슬머리가 귀밑을 한참 넘어가 있었다. 쌀뜨물같이 멀건 얼굴에 외까풀의 눈과 작은 코가 쉽게 흐려지는 인상이었다. 돈 모아서 노르웨이로 떠날 거예요. 거기서 선박 기술을 배울 거고요. 내 배를 만드는 게 꿈이거든요. 인상과는 달리 말은 야무졌다. 곱슬머리는 다짐을 되새기며 고개까지 주억거렸다. 수진은 작은 범선 한 척을 상상했다. 하얀 돛을 단 범선이 느리게 피오르로 향한다. 타이가를 빠져나온 북해의 바람이 돛을 가볍게 부풀린다. 피오르 깊숙이 미끄러지는 범선의 이물에 앉아 수진은 숲과 바다의 소실점을 바라본다. 노르웨이니까, 하루키를 읽고 비틀즈를 들어도 좋겠단 생각을 했다. 나중에 놀러와요. 게스트 하우스도 할 거니까. 꿈과 이상의 갭이 좁은 곱슬머리가 조금은 부러웠다.

—삑. 에러입니다.

곱슬머리가 바코드를 찍듯 수진의 이마에 스캐너를 갖다 댔다.

수진은 몸을 부르르 털며 도리질을 했다. 잡념들이 후드득 떨어져 나갔다.

—미안 미안. 왜, 왜?

—또 모자라다고요.

—아, 얼마나?

곱슬머리는 손가락 하나, 두 개를 차례로 펴 보였다.

—밤새 고생하고 돈은 빵꾸 나고. 슬프다.

—자꾸 왜 그러지…….

—그러지 말고 낮으로 옮겨요. 지쳐요, 밤은.

수진은 앞치마 밑으로 손을 넣어 바지 주머니를 뒤졌다. 꾸깃꾸깃한 종이 몇 장이 잡혔다. 구겨진 영수증 속에 천 원짜리 두 장이 섞여 있었다. 곱슬머리가 구겨진 천 원짜리 두 장을 집어 가더니 수진의 손바닥 위로 동전 네 개를 톡 떨어뜨렸다. 정산이 맞지 않아 적게는 몇백 원, 많게는 오천 원에 가까운 돈을 메꿔 넣은 적이 몇 번 있었다. 받은 현금을 숫자로 잘못 입력하면서 생기는 실수였다. 아는지 모르는지 거스름돈이 많다며 돌려주는 손님은 거의 없었다.

수진은 앞치마를 벗어 곱슬머리에게 넘기고는 카운터 아래의 에코백을 꺼내 들었다. 화장품을 사고 받은 초록색 잎사귀가 그려진 천 가방이었다. 얄팍한 지갑을 열고 동전을 넣었다. 지갑에는 흔한 신용카드 한 장 없었다. 불필요한 지출을 줄이기 위해 일주일 단위로 은행에 가 필요한 만큼 돈을 찾는 게 수진의 오랜 습관이었다. 이틀 전 교통카드에 이만 원을 충전하고 동네 마트에서 선도저하 상품인 감자 한 봉지와 양배추 반 통을 사느라 잔돈을 다 썼다. 은행에 들러 잔고를 확인하고 며칠을 버틸 얼마의 생활비를 찾아야 했다.

온수기에 물을 채우는 곱슬머리에게 눈인사를 하고 편의점을 나왔다. 어둑한 아침이었다. 사위는 어두웠지만 날은 포근했다. 오후에 눈 소식이 있었다. 따뜻한 물에 샤워를 하고 긴 잠을 자고 싶었다. 푸석한 감자를 삶아 으깬 다음 마요네즈와 설탕을 조금 넣어 샐러드를 만들어 먹어야지. 에코백을 옮겨 드는 순간 수진은 생각했다. 아, 따뜻한 물…… 욕실…… 그리고 쥐. 수진은 다시금 쥐를 생각하지 않을 수 없었다. 노르웨이에도 쥐가 있을까. 묻고 싶었지만 곱슬머리는 이미 냉장실 뒤편에 들어가 있었다.

가득한 눈구름을 비집고 미지근한 아침볕이 인도 위로 늘어졌다. 볕자리의 눈은 군데군데 녹아 내렸지만 대부분의 길은 한파에 얇은 빙판을 만들고 있었다. 더듬듯 걸어가 세 번째 정류장 앞에서 일일 정보지를 꺼내 돌아서는데 몸이 휘청거렸다. 허우적거리다 간신히 허공을 붙잡아 제대로 서고 나니 식은땀이 흘렀다.

정류장으로 버스 서너 대가 줄지어 들어왔다. 사람들이 쏟아져 내렸다. 사람들은 빠르게 걷거나 달려서 빌딩 속으로 속속 사라졌다. 간혹 대열에서 빠져나와 푸드 트럭으로 달려가는 이들도 있지만 채 몇 분도 되지 않아 샌드위치를 입 속에 구겨 넣고 우물거리며 행렬 속으로 돌아왔다. 그리고는 미처 마시지 못한 커피를 성화처럼 들고 사람들 사이를 이리저리 앞질러 나갔다. 횡단보도 건너 왼쪽 건물에 수진이 다니던 회사가 있었다. 6개월 전까지 수진은 매일 아침 이 정류장을 지나 출근을 했다. 보통은 지각을 면하기 위해 허겁지겁 뛰었지만 아주 가끔은 테이크 아웃 커피를 마시는 호사를 부리며 지날 때도 있었다. 인턴으로 1년을 다녔지만 정규직 전환에는 실패했다. 오십 명이 넘는 동기들 중 누구도 정직원이 되지 못했다. 얼마 후 인턴십의 허와 실을 고발하는 시사고발 프로그램 속에서 수진은 낯익은 건물을 보았다. 그리고 나이가 가장 많았던 남자 동기의 자살 소식도 함께 들었다.

수진은 정류장 유리에 비친 자신을 바라보았다. 늘어진 후드티에 물 빠진 청바지, 지나치게 두툼해서 다소 둔해 보이는 파카 차림의 자신이 오늘따라 더 추레해 보였다. 사람들은 눈길이 전혀 미끄럽지 않은 듯 모두 씩씩하게 걸었다. 밑창이 닳지 않은 신발을 신어서일까. 힐을 신은 젊은 여자가 날렵한 움직임으로 수진의 앞을 지나쳤다. 빙판을 꼭꼭 쪼개며 흔들림 없이 걸어가는 여자의 뒷모습을 수진은 경이롭게 바라봤다. 저 정도의 경지에 이르려면 도대체 하이힐을 몇 년 신어야 할까. 여자에게 힐의 높이는 경력과 자신감의 높이일지도 모른다고 수진은 생각했다.

통장 잔고는 가벼웠고 은행 ATM기는 야속했다. 돈 몇만 원 찾는데 출금 수수료까지 야무지게 뗐다. 사람들에 떠밀려 제일 가까운 타행 ATM 부스로 피신하듯 들어온 탓이었다. 두 블록 옆의 거래 은행으로 갈 걸 그랬다고 후회했지만 이미 늦었다. 수진은 유리문 너머의 분주한 사람들을 바라보며 핸드폰을 꺼냈다. 연락처를 훑었다. 마지막 통화가 언제였더라. 그동안 번호가 바뀌었을지도 모른다.

—야, 이수진.

다행히 번호는 그대로였다. 쥐꼬리를 높이 들고 득의양양하던 사촌오빠의 모습이 떠올랐다. 재작년 가을, 사촌오빠의 결혼식에서 본 게 마지막이었다. 이모를 통해서 작년에 아들을 낳았고 얼마 전에 돌이 지났다는 소식은 들었다. 왜 연락을 안 했냐고 수진이 묻자 사촌오빠는 장인이 큰 수술을 받는 바람에 돌잔치는 생략했다고 말했다. '먹고살기도 빡빡한데 돌잔치는 무슨. 민폐야.'라고 말하며 사촌오빠는 허허거렸다.

—오빠. 지금도 공항에서 일해?

—그럼. 딸린 식구가 둘인데 열심히 벌어야지. 그런데 수진이 넌 해외 출장 안 다녀? 큰 회사는 나갈 일 많잖아.

사정을 들킨 것도 아닌데 얼굴이 먼저 벌게졌다. 엄마 말대로 친척들은 아직도 수진이 그 회사에 잘 다니는 걸로 알고 있는 모양이었다. 수진의 인턴 실적을 올려주기 위한 엄마의 강권에 못 이겨 이모가 오빠 이름으로 들어준 보험도 하나 있었다.

—나야 뭐……. 오빠는 어때? 공항서 일하면 좋겠다. 매일 비행기도 보고.

수진은 얼른 말을 돌렸다.

—좋기는, 개뿔. 나, 비정규직이잖냐. 힘들어.

—아…….

사촌오빠가 공항에 취업했다는 말에 당연히 수진은 정직원이라고 생각했었다. 대꾸할 말이 없었다.

—뭐, 비행기야 매일 보긴 한다만. 보딩 브리지 알지?

—보딩 브리지? 다리?

수진은 되물었다.

—그, 게이트하고 비행기 사이에 놓는 다리 말이야. 탑승교.

—아, 탑승교.

—내가 하는 일이 그거거든. 공항 일이란 게 거의 다 비정규직이라고 보면 돼. 조만간 정규직 전환 걸고 파업 들어간다는데 잘 될지는 모르겠다.

내내 씩씩하던 사촌오빠의 목소리가 반쯤 꺾였다.

—아직 비행기를 타본 적이 없어서 그런가. 내가 놓은 브리지를 건너 어디론가 떠나는 사람들을 보고 있으면 기분이 참 묘해져. 다다를 수 없는 곳으로 가는 무지개 다리 같아서……. 공항엔 궁상이 없잖냐.

수진은 허공을 향해 고개를 끄덕였다.

—매일 수많은 브리지를 놓는데 말이야. 정작, 내 인생 브리지는 참 쉽지가 않네. 수진이 너처럼 진즉에 공부 좀 할 걸 그랬다. 넌 이런 거 잘 모르지?

흐려지는 말끝으로 비행기 이착륙하는 소리가 거칠게 섞여 들었다.

—수진아. 비행기 들어온다. 가봐야겠어. 출장 갈 때 꼭 연락해.

그래 그래, 인사도 제대로 못하고 수진은 서둘러 전화를 끊었다. 제일 중요한 용건은 전하지도 못했다.

'오빠. 계좌로 돈 조금 보낼게. 돌비 대신이야.'

메시지를 보내고 수진은 부스 밖으로 나왔다. 길은 파장한 오일장처럼 한산했다. 오가는 사람들의 걸음은 그새 느려져 있었고 푸드 트럭은 입간판을 실으며 뜰 채비를 하고 있었다. 수진은 두 블록 옆의 거래 은행 ATM 부스 쪽으로 걸음을 옮겼다. 아기 옷 한 벌의 적당한 값을 계산하다가 뒤늦게 놓친 질문 하나가 떠올랐다. 쥐를 잡아야 하는데……. 그렇다고 다시 오빠에게 전화를 걸어 물어볼 수도 없는 노릇이었다.

막다른 골목이었다. 고만고만한 높이의 주택 사이로 5층 고시원이 뿔처럼 솟아 있었다. 학원가나 고시촌에서 한참을 비켜나 위치한 덕에 이 근방서 가장 저렴한 방이라고 그가 말했다. 하지만 임용고시 합격자가 나온 방이라고 소문이 나면서 나름 프리미엄까지 붙었다고 했다. 합격자가 고향 선배라 운 좋게 넘겨받았다며 올해는 시험 운이 좋을 거 같다고, 입실하던 첫날 남자친구가 말했다. 하지만 그는 시험에서 떨어졌다. 어쩌면 운이 바닥난 방에 들어온 걸지도 모른다고 수진은 생각했지만 말하진 않았다. 말하는 순간 남아 있던 운마저 벽과 장판의 갈라진 틈으로 사라져버릴까 두려웠다. 잔존하는 운을 그러모아 그가 부디 수학 선생님이 되기를 바랐다. 우울한 청춘의 진혼곡은 이제 그만 들어도 좋았다.

방에선 퀴퀴한 냄새가 났다. 빨랫감은 잔뜩 쌓여 있었고 쓰레기통은 넘치기 직전이었다. 어쩌면 고인 시간의 냄새일지도 몰랐다. 창이 없는 이 방에선 시간과 날씨를 가늠할 수가 없다. 옆방에 방해가 되기 때문에 초침이 있는 시계도 쓸 수가 없다. 2평도 채 못 되는 방은 싱글 침대와 책상만으로도 꽉 찼다. 산소포화도가 낮은 이 방에서 과연 얼마나 버틸 수 있을까. 수진은 방바닥과 의자에 제멋대로 걸쳐진 옷들을 주워 행거에 걸었다. 가운데가 푹 꺼져버린 베개에서 그의 고단함이 느껴졌다. 쓰레기통을 비우고 빨랫감은 한데 모아 비닐에 넣고 묶었다.

'나 왔다 가. 올해 마지막 날이네. 내년엔 같이 보내면 좋겠다. 우리의 고군분투 청년기에 건배를. 미리 해피 뉴 이어.'

수진은 포스트잇을 스탠드에 붙이고 가방에서 비닐봉지를 꺼냈다. 유통기한이 지난 샌드위치와 삼각김밥이 서너 개 든 봉지를 문 안쪽 손잡이에 걸어두고는 방을 나갔다.

열쇠 구멍에는 억지로 쥐어짠 여드름 같은 상처만 잔뜩 남아 있었다. 수진이 든 드라이버의 끝도 마찬가지였다. 뾰족하고 매끄럽던 끝이 흠투성이로 뭉개져 있었다. 빌려준 주인아줌마에게 또 한소리 들을 게 분명했다. 어떻게든 열어야 했다. 십자드라이버도, 동전도 소용없었다. 아무리 돌리고 쑤셔보아도 구멍 입구만 헤집을 뿐 열릴 기미는 보이지 않았다. 발치로 드라이버를 던져버리고 수진은 앞머리에 꽂은 실핀을 하나 뽑았다. 빈집 털이범이 실핀으로 손쉽게 문을 따는 걸 드라마에서 본 적이 있었다. 수진은 검정 실핀을 브이자로 넓게 벌렸다. 그리고는 양 끝을 두 손으로 잡고 실핀의 둥근 부분을 구멍 안으로 조심스럽게 들이밀었다. 덜그럭거리며 뭔가 걸려들었다. 수진은 숨을 멈추고 오른쪽으로 핀을 천천히 돌렸다. 핀이 뒤틀리며 돌아가는가 싶더니 이내 맥없이 풀려버렸다. 몇 번을 다시 해봐도 마찬가지였다. 실핀 두 개로 동시에 열쇠 구멍의 아래위를 들쑤셔봐도 잠금쇠는 끄떡하지 않았다. 애꿎은 실핀만 검정 칠이 벗겨진 흉한 모습으로 쓰레기통에 버려졌다. 이제 남은 방법은 정말 하나밖에 없었다. 수진은 책꽂이를 뒤져서 플라스틱 파일을 찾아냈다. 파일에는 작성하다 만 이력서 서너 장이 끼워져 있었다.

반으로 접은 불투명 플라스틱 파일을 손잡이 안쪽으로 구기듯 억지로 밀어 넣었다. 헐거워진 문짝과 문틀 사이로 반달모양의 잠금쇠가 보였다. 요즘 문과 달리 옛날식 문은 조금만 애를 쓰면 쉽게 열렸다. 어릴 적에 종종 문이 잠기면 아빠는 빳빳하고 얇은 플라스틱 책받침을 가져다가 잠금쇠 위쪽으로 쓱 밀어 넣었다. 그리곤 잠금쇠의 끝부분이 숨어 있는 문틀 쪽으로 힘 있게 베어내듯 한번에 내리그었다. 그렇게 서너 번 많게는 대여섯 번 반복하다 보면 항복하듯 문은 스르르 열렸다. 어린 수진은 연신 박수를 쳐대며 아빠를 향해 엄지를 척 치켜세우곤 했다. 수진은 파일을 조심스럽게 내리그었다. 힘이 약했는지 잠금쇠에 이르기도 전에 파일이 미끄러져 나왔다. 다시 파일을 잠금쇠까지 끌어내린 뒤 순간적인 힘으로 내리쳤지만 역시나 쏙 빠져나왔다. 힘보단 요령의 문제라는 건 알았지만 해본 적이 없으니 요령이 뭔지를 몰랐다. 이번엔 처음부터 힘으로, 다음엔 끝까지 약하게, 이렇게 저렇게 해보아도 문은 꿈쩍도 하지 않았다. 수진은 허리에 양손을 걸치고는 대결하듯 문을 바라봤다. 쉬운 게 하나도 없어. 좀 쉽게 쉽게, 그렇게 안 되나. 수진은 자신을 향해 있던 모든 문을 떠올렸다. 애초에 열린 문이 있었던가. 도대체 지금까지 몇 개의 문을 열었고 앞으로 몇 개의 문을 더 열어야 한단 말인가. 수진은 마치 자신의 앞으로 수천수만 개의 욕실 문이 도미노처럼 늘어서 있는 것만 같았다. 순간 화가 솟구쳤다. 에잇, 이까짓 문. 있는 힘껏 문짝을 향해 발을 내질렀다. 퍽.

그 후로 수진은 한동안 꼬리가 잘린 쥐가 궁금했다. 구불구불한 하수구 구멍은 잘 빠져나갔는지, 없어진 꼬리를 찾느라 제자리를 맴돌고 있는 건 아닌지, 그러다 음습한 어느 구석에서 그대로 죽은 건 아닌지. 수진은 제 꼬리가 떨어져나간 듯 쓰라렸다. 평형을 유지하는 꼬리를 잃고 과연 그 쥐는 얼마나 오래 살아남았을까.

쥐는 바가지 너머로 빼꼼히 수진을 내다보았다. 처음 봤을 때보다 더 작아 보였다. 아기 주먹만 한 몸통에 귀와 눈이 붙어 있고 꼬리가 달려 있었다. 쥐는 전의를 상실한 듯 한껏 꼬리를 말아 몸을 웅크렸다. 쥐와 수진, 서로가 두 손 들고 항복을 외치는 꼴이었다. 마음을 다잡듯 큰 숨을 몰아쉬고는 바가지 위로 수건을 살포시 덮었다. 국그릇을 든 듯 수진은 조심스럽게 바가지를 들어올렸다. 오금이 저리고 사타구니가 뻐근했다. 수진은 팔을 쭉 뻗어 바가지를 최대한 몸에서 멀리 떨어뜨린 채 욕실 밖으로 나갔다. 마음 같아선 그대로 멀리 던져버리고 싶었지만 오발탄처럼 엉뚱한 곳에 떨어지면 온 방을 헤집고 다녀야 하는 불상사가 생길 수 있었다. 수진은 도둑 걸음으로 밖으로 나갔다.

그새 자국눈이 내려서 옥상 바닥은 갓 세탁한 침대 시트처럼 하얗고 깨끗했다. 날은 포근했고 바람은 잔잔했다. 해거름을 따라 구름은 한층 더 내려와 있었다. 조금씩 눈발이 굵어졌다. 물기를 잔뜩 머금은 눈이었다. 왼발을 뻗어 현관문을 닫았다. 여전히 문은 삐거덕거렸다. 수진은 엉덩이를 뒤로 쑥 뺀 엉거주춤한 자세로 바가지를 바닥에 내려놓았다. 눈송이 몇 개가 바가지 위로 떨어져 내렸다. 쥐는 아무런 미동도 없었다. 수진은 반대쪽 방향으로 수건을 반쯤 걷어냈다. 훅 하고 튀어나올 것만 같았다. 뒷걸음질로 물러나 한참을 기다렸다. 손끝이 시렸다. 수진은 파카 주머니에 손을 넣었다. 구부정한 허리를 펴고 긴 숨을 뱉었다. 하얀 입김이 공중으로 흩어졌다. 철 지난 크리스마스 캐럴이 멀리서 들려왔다.

수진은 저벅저벅 옥상 끝으로 걸어갔다. 난간에 몸을 기대고 발끝을 모아 세우고는 멀리 내다보았다. 골목을 돌아 일방통행로가 나 있고 그 끝으로 4차선이 뻗어 있었다. 모세혈관 같은 길을 따라 혈류처럼 눈발이 우르르 몰려가고 있었다. 종종걸음을 옮기는 사람들 뒤로 발자국이 그림자처럼 따라붙었다. 수진은 몸을 돌려 난간에 등을 기대고 작은 옥탑방을 바라보았다. 희미한 백열등 빛이 창밖으로 새어 나왔다. 한 해의 마지막 날이었다. 미지근한 온기마저 그리운 저녁이었다. 수진은 어깨 위의 눈을 털며 바닥을 내려다보았다. 눈 위로 가느다란 선이 길게 그어져 있었다. 내달린 흔적이었다. 그 선은 옥상 구석의 배수구까지 이어져 있었다.

명상의
시간

라파엘라에게 묵주를 보냈다. 나무 알마다 장미 문양이 투박하게 조각된 묵주였다. 헬렌의 도움으로 주소는 알아낼 수 있었다. 따로 편지는 쓰지 않았다. 묵주가 메시지가 될 것이다.

*

밤의 끝이다. 요새에서 흘러내린 눅진한 안개가 낮게 퍼지며 남은 밤을 덮었다. 도시는 미명과 안개 속에 겁먹은 짐승처럼 잔뜩 웅크리고 있었다. 부옇게 점멸하는 신호를 따라 도로를 건너 성당의 오른쪽 길로 파고들었다. 샛골목이 잔가지처럼 뻗어 있었다. 돌길 위로 신발 끌리는 소리가 석벽에 부딪혀 골목을 텅텅 울렸다. 새벽길은 낯설었다. 안개까지 껴 마치 미로에 빠진 기분이었다. 문득 바라나시의 골목이 떠올랐다. 수련이 끝난 오후면 강으로 산책을 나갔는데 그때의 골목도 몹시 좁고 복잡해서 자주 헤매곤 했다. 갠지스강을 찾는 나에게 짜이를 팔던 초로의 노인은 마뜩잖은 표정을 지으며 고개를 저었다. 'Not Ganges. The only Ganga.' 그리곤 골목 끝을 가리켰다. 노인의 손가락 끝에서 가트의 검은 연기가 피어올랐다. 연기는 혼령처럼 허공을 헤매고 있었다. '강가'는 갠지스강의 힌디어로, 신성한 강을 뜻한다. 이 길이 맞나 하며 의심에 빠질 때쯤 안개에 잠긴 '강가'가 희미하게 보였다.

샬라로 들어서자 향을 피우고 있던 헬렌이 돌아보며 한쪽 눈을 찡긋했다. 용케 잘 찾아왔네. 헬렌은 내가 만들어 선물한 헐렁한 쥐색 바지를 입고 있었는데 짧은 커트 머리와 제법 어울려 갓 출가한 행자 같기도 했다. 허리와 발목에 고무줄을 넣고 품을 넉넉하게 준 데 비해 길이가 다소 짧아 복사뼈가 반쯤 드러나 있었다. 며칠 만에 부랴부랴 만드느라 어림짐작으로 길이를 맞춘 탓이었다. 간신히 꼴만 갖춘 두 벌의 바지를 번갈아 입으며 거추장스럽지 않아 좋다며 헬렌은 거듭 당케를 외쳤다.

요가 워크숍의 예정된 참석자는 내가 아닌 협회의 사무국장인 에카 선생이었다. 그런데 출국을 앞두고 에카 선생이 발목을 접질려 반깁스를 하게 되었다. 협회에서는 급히 대신할 이를 물색했고 스케줄에 여유가 있던 나에게 기회가 넘어왔다. 고사할 겨를도 없었다. 한국 주체의 행사가 없어 참석만 하면 된다는 게 그나마 다행이었다. 독일행이 결정되고 나는 헬렌에게 전화를 걸어 워크숍이 끝나는 대로 들르겠노라고 말했다. 인도에서 요가 수련 중에 만난 헬렌은 나와 동갑내기로 지금은 고향인 코블렌츠에서 요가와 명상을 위한 샬라 '강가'를 운영하고 있었다. 수련을 마치고 각자의 나라로 돌아간 뒤로는 메일과 전화로 간간이 소식을 전할 뿐이었는데 생각지도 않게 다시 보게 되니 반기는 헬렌만큼이나 나 또한 설렜다. 쾰른에서 3일간의 워크숍을 마치고 기차로 한 시간여를 달려 코블렌츠에 도착한 게 바로 어젯밤이었다.

반쯤 열린 문 너머로 낮은 조도의 불빛이 보였다. 나는 겉옷을 벗고 따뜻한 물 한 잔을 마신 뒤 몸을 칼날같이 세워 안으로 들어갔다. 수련실은 빈 방에 가까웠다. 하얗게 칠한 사면에는 일체의 장식도 없었으며 오로지 전면에만 한 붓으로 크게 옴(ॐ)이 쓰여 있었다. 그 아래로 향, 띵샤 그리고 크기가 다른 싱잉볼 몇 개가 가지런히 놓여 있었다. 참파꽃과 백단이 어우러진 나그참파 향이 방 안 가득 그윽했다.

어둑한 구석자리에 누군가 누워 있었다. 길고 마른 몸이었다. 어깨 밑으로 흐른 긴 머리와 가는 팔다리의 실루엣은 부드러웠다. 흑갈색의 머리카락과 웜톤의 피부색이 동양인으로 보였다. 여자는 두 다리와 두 팔을 적당히 벌리고 하늘을 향해 누운, 온전한 사바사나로 선(禪)에 들어 있었다. 고른 숨을 따라 배가 가볍게 오르락내리락 움직였다. 여자는 베이지색 면티에 같은

색 면바지를 입고 있었다. 헐렁한 품새에도 늘씬한 몸매가 한 눈에 들어왔다. 민낯임에도 여자는 아름다웠다. 갸름한 얼굴에 피부는 맑았으며 결이 고운 눈썹 아래로 끝이 날렵하게 들린 코와 도톰한 입술에 귀티가 흘렀고 길고 진한 인중이 인상을 선명하게 만들었다. 오랜 수련자임에도 나 또한 여자인지라 경배하듯 여자를 물끄러미 바라보고 있으려니 어딘가 낯이 익었다. 이렇게 또렷한 인중을 가진 누군가가 기억에 있었다. 바랜 기억 속에서 여자의 얼굴이 알 듯 말 듯 자맥질했다. 찹찹하던 마음이 들썩거렸다.

인기척이 났다. 독일 여성 서넛이 수련실로 들어오더니 익숙하게 자리를 잡고 앉았다. 나는 여자에게서 사선으로 몇 발짝 물러난 자리에 앉아 호흡을 바라보기 시작했다. 어느새 들어온 헬렌이 천천히 띵샤를 울렸다. 눈꺼풀 아래로 눈동자가 가볍게 움직이는가 싶더니 여자가 부풀어 오르듯이 스르르 몸을 일으켰다. 그리고는 머리를 대충 넘겨 묶고 가부좌를 틀었다. 묵은 기억을 헤집느라 나의 마음만 파편처럼 흩어졌다. 두 번째에 이어 세 번째 띵샤가 길게 울렸다. 엇노는 숨을 고르며 가슴 앞으로 손을 모았다. 여자가 고개를 들며 천천히 눈을 떴다. 긴 눈꼬리 때문인지 쌍꺼풀이 없는 것치곤 제법 크고 시원한 눈매였다. 엄지와 검지로 친 무드라를 만들며 무릎 위로 내리는 여자의 손목에 시선이 멈췄을 때 나는 순간 낮은 탄성을 지를 뻔했다. 여자의 왼 손목에는 짙은 밤색의 묵주가 걸려 있었다. 그와 동시에 내 기억 속에서 하나가 아닌 두 개의 이름이 톡톡 튀어 나왔다.

라파엘, 라파엘라.

첫날부터 지각이었다. 무려 20분이나 지나 있었다. 근거리 지원에서 밀려 2지망 학교로 배정받는 바람에 처음으로 하게 된 버스 통학이었다. 버스 정류장서 헤매느라 시간을 허비한 데다 정류장에서 교문까지 이어지는 오르막길이 지나치게 가팔라서 뛴다 해도 거북이 달리기에 불과했다. 헉헉거리며 다다른 교문 앞에서 야호라도 외치고 싶은 심정으로 허리를 펴는데 오리걸음으로 운동장을 돌고 있는 한 무리의 남학생들이 보였다. 여학생들은 머리 위로 두 손을 올리고 교문 앞에 늘어서 있었다. 손을 들며 은근슬쩍 줄의 맨 끝으로 붙으려는데 도끼눈의 선생님이 성큼성큼 다가왔다. 꿀밤이라도 맞을까 싶어 눈부터 질끈 감았다. 하지만 선생님은 혀를 차며 한참 잔소리만 늘어놓더니 불쑥 내게 공책 하나를 떠안기며 이름 적어, 라고 말하고는 남학생들 쪽으로 가버렸다. 내키지 않았지만 어쩔 수 없었다. 내 이름부터 쓰고는 옆자리부터 하나하나 이름을 적어 나갔다. 노랑과 파랑의 이름표는 아직 학년 구분이 애매했으나 선배임이 분명했고 초록은 같은 1학년이었다. 선생님의 하수인이 된 것만 같은 찜찜한 마음에 대놓고 보지도 못하고 곁눈질로 확인하며 이름을 적어나가는데 한 명의 이름표가 보이지 않았다. 없었다기보다는 가슴께까지 내려오는 긴 생머리에 이름표가 가려져 있었다. 혹 선배일지도 몰라 차마 보여 달란 말도 못하고 쭈뼛거리며 슬쩍 얼굴을 보았다. 둥글고 봉긋한 이마와 날렵한 콧등, 그리고 새치름하게 다문 입술이 꽤나 예쁘장한 얼굴이었는데도 살짝 찡그린 미간과 또렷한 인중 때문인지 또래답지 않게 단호하고 엄숙한 이미지를 가지고 있었다. 콧등의 작은 점이 그즈음 인기를 끌고 있던 여배우와 몹시 흡사해 한편으론 신비스런 느낌마저 들었다. 조심스럽게 한 손을 뻗어 긴 생머리를 살짝 들추니 다행히 초록색 이름표였다. 윤……. 옮겨 적던 손을 멈추고 나는 이름표를 가만히 들여다보았다. 무척 독특한 이름이었다. '준'이나 '현' 같은 외자 이름은 간혹 보았지만 무려 네 글자에 제2외국어 같은 이름은 처음이었다.

라, 파, 엘, 라.

라파엘라.

윤, 라파엘라.

흡사 열대의 꽃 이름 같기도, 중세의 어느 화가 이름 같기도 했다. 독특한 성명이 학교생활을 하는 데 있어 적지 않은 스트레스—이를테면 이름만으로도 내 의지와 상관없이 존재감이 커진다거나 발표와 풀이를 앞두고 출석부를 펼쳐 든 선생님들의 많은 관심과 잦은 호명 또는 남학생들의 악의 없는 놀림—가 된다는 걸 이미 '선우'란 나의 두 글자 성을 통해 초중학교 내내 충분히 경험한 터라 동병상련의 마음마저 생겼다. 이름을

적으며 한 걸음 뒤로 물러서는데 라파엘라와 눈이 마주쳤다. 라파엘라가 큰 눈으로 나를 빤히 보고 있었다. 정확하게는 내 이름표를.

조례 시간에 맞춰 간신히 교실로 들어왔을 때 남은 자리는 단 하나였다. 선택의 여지없이 빈자리에 앉을 수밖에 없었다. 교실은 이미 남녀 합반, 남녀 짝꿍이라는 아노미에 빠져 있었다. 가방에서 잡히는 대로 아무 책이나 꺼내는데 옆자리에서 갱지 한 장이 넘어왔다. 학기 시간표였다. 종이를 받으며 슬쩍 옆을 보는데 참 이상한 일이었다. 교문에서 본 라파엘라와 닮은 얼굴이 거기 있었다. 다른 점이 있다면 머리가 좀 짧고 앉은키가 상당히 큰 남자애라는 거였다. 이름표를 보니 더 혼란스러웠다. 윤, 라파엘.

라파엘과 라파엘라.

전교생 모두가 라파엘, 라파엘라의 존재를 알게 되기까지는 채 일주일도 걸리지 않았다. 거기에는 분명한 세 가지 이유가 있었는데 첫 번째는 당연히 둘의 뛰어난 외모와 그에 따른 인기 때문이었다. 좀 더 정확히 이야기하자면 라파엘라에 대한 남학생들의 신앙에 가까운 숭배에 있었다. 물론 라파엘도 라파엘라 못지않게 무수한 고백을 받았지만 여학생들의 대시가 달밤의 달맞이꽃처럼 수줍고 은근한 데 비해 남학생들의 구애는 수탉처럼 거칠고 서툴렀다. 본의 아니게 라파엘라는 모든 여학생들의 질투 섞인 시기와 은밀한 선망의 시선을 동시에 받았다. 두 번째는 둘이 이란성 쌍둥이라는 점이었다. 십 분 간격으로 태어난 둘은 순서로 따지자면 라파엘이 먼저였다. 흔히 보기 어려운 이란성 쌍둥이란 사실에 학기 초 며칠 동안 둘이 속한 교실 앞은 기웃거리는 학생들로 어수선했다. 세 번째는 둘의 이름이었다. 독실한 가톨릭 집안에서 모태 신앙으로 태어난 둘의 이름, 라파엘과 라파엘라는 세례명이었다. 종교에 무지했던 우리가 이런저런 질문을 해대자 가톨릭 신자였던 수학 선생님은 대뜸 라파엘은 라파엘라다, 라는 명제부터 칠판에 적었다. 그리고는 여전히 멀뚱한 표정의 우리에게 설명을 해주었다. 가톨릭에는 대천사 세 분이 계시고 그 이름은 가브리엘, 미카엘, 라파엘이며 모두 여성명을 갖고 있다. 가브리엘은 가브리엘라, 미카엘은 미카엘라 그리고 치유의 신인 대천사 라파엘의 여성명은 라파엘라다. 라파엘라는 라파엘이 맞으니 고로 이 명제는 참, 이라고 적은 뒤 선생님은 라파엘에게 혹시 9월 29일생이냐고 물었다. 우리의 시선이 일제히 라파엘에게 쏠렸다. 붉어진 얼굴로 라파엘이 고개를 끄덕였다. 대천사 라파엘의 축일이 9월 29일이었던 것이다.

나는 라파엘라와 같은 반인 적은 한 번도 없었지만 이상하게도 라파엘과는 무려 3년 동안 같은 반이었다. 그렇다고 라파엘과 딱히 친하게 지낸 것도 아니었다. 나는 라파엘과 3년 내내 같은 반이라는 엄청난 행운—친구들은 신의 축복이라 했다—

을 잡았지만 어설픈 짝사랑이라는 덫이 오히려 라파엘과의 사이를 더 데면데면하게 만들었다. 라파엘의 장래 희망이 성직자라는 말에 울적했던 그 밤을 나는 아직도 기억하고 있다.

라파엘라의 몸은 분절 없이 흐르고 있었다. 뭉긋하게 말아 올린 척추를 따라 그녀의 긴 목이 새순처럼 돋았다. 들숨과 날숨은 깊고 유연했으며 쿰바카*는 충만하고 정확했다. 손발 끝에 남아 있는 무용의 흔적이 아사나**를 지나치게 미적으로 만드는 흠에도 불구하고 그녀의 아사나는 충분히 훌륭했다. 집중력 있는 수련의 흔적이었다. 오히려 들뜬 나의 호흡이 아사나를 겉돌며 툭툭 끊어지고 있었다. 되똑거리는 마음을 붙잡느라 정작 수련은 뒷전이 되고 말았다. 무릇 십여 년의 시차를 두고 독실한 가톨릭 신자인 라파엘라를 요가 샬라에서 다시 만나게 된 것만도 놀라웠지만 더 놀라웠던 건 행복한 결혼 생활 중 돌연 사라진 그녀가 지금 유럽의 아주 작은 도시, 여기에 홀로 있다는 사실이었다.

출국을 앞둔 며칠 전이었다. 둘째의 돌잔치 소식을 전하는 고등학교 동창과 통화를 하던 중이었다. 결혼과 동시에 연년생으로 아들 둘을 낳은 친구는 혼자서 곱절의 육아를 감당하느라 무척 지쳐 있었다. 목소리에서도 고단함이 느껴졌다. 반복되는

---

* 숨 멈춤
** 요가의 체위(동작)

육아 전쟁에 대해 뇌까리듯 푸념하던 친구의 목소리에 갑자기 생기가 돌며 말이 빨라진 건 동창들 소식으로 이야기가 넘어간 직후였다. 몇몇 동창의 근황을 전하던 친구가 대뜸 던지듯 말했다. 없어졌댄다, 라파엘라가. 어깨와 귀 사이에 폰을 끼운 채 요가 매트를 말던 나는, 순간 폰을 놓칠 뻔했다. 누가 없어졌다고? 폰을 옮겨 잡으며 되물었다. 매트가 맥없이 도로 풀렸다. 없어졌다는 말에 분명히 악센트가 실려 있었다. 건너 들은 거라 나도 전후 사정은 잘 모르겠고. 여튼 라파엘라가 사라졌대. 나는 말끝을 물고 왜, 왜만을 반복했다. 난들 아니? 하지만 유부녀가 집을 나갔다는 게 무슨 의미겠니. 그거 아니겠어? 친구는 그거, 라는 말에 힘을 주며 낮게 속삭였다. 그거? 되묻지 않을 수 없었다. 바람 말야, 바람. 친구는 단정적으로 말했지만 나는 그 말에 수긍할 수가 없었다. 말이 돼? 라파엘라는 가톨릭이야. 내가 반론하듯 말했다. 이혼이랑 동성애도 포용되는 세상에 바람이 뭐 대수니. 어쨌든, 도무지 알 수가 없다. 천사가 천국은 왜 떠났으며 도대체 어디로 갔다니. 말짱 거짓말 같은 친구의 말을 곰곰이 되씹는데 폰 너머에서 울음소리가 들렸다. 하나가 울자 덩달아 남은 아이도 울어댔다. 딱히 인사랄 것도 없이 전화를 끊으려는데 그런데 라파엘이, 라는 말이 흐릿하게 건너왔다. 다시 걸어볼까 생각했지만 아기 둘을 어르느라 바쁠 친구가 떠올라 그만두었다.

라파엘라를 생각할 때면 늘 기억의 거름망에선 라파엘부터 빠져나왔다. 3년 내내 같은 반이라는 공통 분모 위로 긴 이름의 비슷한 분자까지 겹쳐진 때문이었다. 출석부의 평범한 이름들 사이로 삐죽이 튀어나온 라파엘과 나의 이름은 특히 수학 선생님들의 잦은 부름을 받았다. 윤 라파엘이랑 …… 세희, 선우 세희가 한번 풀어볼까. 선생님은 늘 한 번이라고 했지만 나중엔 습관적으로 불러대는 바람에 정말 곤혹스러울 지경이었다. 다행이라면 라파엘도 수학을 썩 잘하진 못해서 비교와 창피는 그런대로 면할 수 있었다는 거였다.

졸업 후 둘에 대한 소식은 동창들을 통해 들은 게 거의 전부였다. 라파엘은 원하던 대로 신학대에 진학했고 라파엘라는 전공인 현대 무용으로 여대에 들어갔다. 신학 공부를 마친 라파엘은 사제 서품을 받고 성직자의 길로 들어섰으며 라파엘라는 졸업 후 잠시 시립무용단에서 무용수로 활동하다 결혼과 함께 그만두었다. 여러 사업체를 가진 재력가 집안의 외아들이자 변호사인 남편과의 사이에는 아들 하나를 두었다. 라파엘라의 남편은 법률 사무소를 운영하며 법률 프로그램의 패널로 자주 출연한 덕에 사회적 인지도와 인기가 상당히 높았다. 나도 한두 번 TV에서 라파엘라의 남편을 본 적이 있었는데 큰 키에 각진 어깨가 슈트와 퍽 어울리는 풍채였고 선이 굵은 이목구비는 호남형에 가까웠다. 한쪽만 살짝 팬 보조개는 짙은 인상을 부드럽게 만들어주었고 중저음의 목소리와 어투에는 일정한 톤에서 느껴지는 신뢰감과 듣는 이로 하여금 호감을 갖게 만드는 정연함이 있었다. 여성잡지에 실린 라파엘라 부부의 인터뷰를 본 동창의 말에 의하면 라파엘라의 미모는 여전했으며 부부는 아름다웠고 아이는 사랑스러웠다고 했다. 차기 국회의원 도전에 관한 기자의 마지막 질문에 라파엘라의 남편은 남자라면 충분히 품어볼 야망이다, 라고 대답하며 딱히 부정하진 않더라는 말도 덧붙였다. 이러다 마흔도 되기 전에 라파엘라가 국회의원 사모님 소리 듣게 되는 거 아니냐고 동창들 사이에선 그녀에 대한 시기와 질투, 부러움이 뒤섞인 말들이 나돌았다. 그런 라파엘라가 어느 날 갑자기 사라졌다는 사실은 그녀를 아는 모든 이에게 충격이었다. 사라진 이유를 두고 동창들의 무수한 추측이 난무했지만 확인할 길은 없었고 라파엘라를 찾았다거나 돌아왔다는 소식 또한 없었다.

나는 마치 보물찾기에서 보물이 적힌 쪽지를 제일 먼저 발견한 사람처럼 긴가민가한 마음으로 수련 내내 라파엘라를 훔쳐보았다. 분별없이 흩어지는 나의 거친 숨을 느낀 헬렌이 다가와 어깨 위로 가만히 손을 얹었다. 나는 길게 숨을 내쉬고 두 손으로 바닥을 밀어내며 다운 독으로 몸을 끌어올렸다. 들이쉬는 숨에 가슴을 열며 업 독으로 연결한 뒤 발등을 하나씩 바닥으로 내려놓을 때였다. 두 손과 두 발로 바닥을 힘껏 밀어내며 우르드바 다누라사나로 들어가던 라파엘라의 몸이 오른쪽으로 기우는가 싶더니 이내 풀썩 떨어졌다. 그리고는 오른쪽 어깨를 부여잡으며 몸을 공처럼 말고는 모로 구르는데 발끝까지 가늘게 떨렸다. 뒤에서 지켜보던 헬렌이 다가와 라파엘라의 어깨를 부드럽게 마사지하며 차분하게 인헤일(Inhale)과 엑스헤일(Exhale)을 반복하며 숨을 이끌었다. 오늘이 처음은 아닌 모양이었다. 한결 편해진 얼굴의 라파엘라가 헬렌의 손을 가볍게 잡았다. 헬렌은 그녀의 손등 위로 손을 포개고 마저 진정되도록 잠시 기다려 주었다. 그리고는 걱정스레 지켜보는 나에게 노프라블럼이라고 속삭인 뒤 자리로 돌아갔다. 물처럼 고여 있던 그녀가 천천히 바닥을 밀어내며 상체를 일으키는데 흘러내린 앞머리 사이로 보이는 얼굴이 해쓱했다. 짧게 시선이 부딪쳤다. 나를 알아봤을까, 아는 척을 해야 하나 하고 잠시 고민에 빠진 사이 라파엘라는 무심하게 일어나 수련실을 나갔다.

미처 걸치지도 못한 카디건을 한 손에 들고 맨발에 신발을 꿰신고는 허겁지겁 샬라를 나오자 골목 끝으로 사라지는 라파엘라의 뒷모습이 보였다. 수련복 위에 큼직한 갈색 숄만 걸친 걸 보니 사는 곳이 멀지 않은 모양이었다. 장발장을 뒤쫓는 자베르 경감처럼 멀찌감치 떨어져서 라파엘라의 뒤를 밟았다. 아직 이른 아침이라 길에는 오가는 사람이 적었다. 조마조마한 마음으로 잔걸음을 옮겼다. 양팔을 뻗으면 벽에 닿을 만큼 좁은 구시가지의 골목을 몇 번이나 휘감치듯 돌아나갔을 때 갑자기 시야가 탁 트이며 작은 광장이 나타났다. 광장 맞은편의 성당 첨

탑이 정지 신호처럼 우뚝 솟아 있었다. 뒷걸음으로 골목 그림자에 몸을 묻고는 정사각형 모양의 광장을 살폈다. 흰 외벽의 낮은 건물들이 광장의 큰 틀을 만들고 있었고 1층의 아케이드 상점가가 색 띠처럼 둘린 아담한 광장이었다. 귀퉁이로 작은 동상 하나가 보였는데 말라깽이 소년이 머리 위로 한 손을 들고는 잔뜩 심술 난 표정을 짓고 있었다. 헬렌이 말한 침 뱉는 소년이라 불린다는 바로 그 분수인 모양이었다. 소년이 물을 뿜는 게 마치 침을 뱉는 모습 같아서 유명해진 분수라고 했다. 라파엘라는 분수 근처에서 누군가를 기다리고 있었다. 숄의 남은 부분을 목 주위로 돌려 감으며 어깨를 움츠리는 게 추워 보였다. 덩달아 한기가 느껴진 내가 카디건에 팔을 대충 끼워 넣는데 광장을 가로질러 오는 한 남자가 보였다. 카키색 트렌치코트에 모직 중절모를 쓰고 낡은 가죽 가방을 든 남자는 큰 키에 마른 체구를 가진 독일인이었다. 눌러쓴 중절모 밑으로 보이는 희끗한 머리카락과 전체적으로 풍기는 지적이고 중후한 이미지가 중년 신사에 가까웠다. 남자는 거리낌 없이 한 손으로 라파엘라의 등을 부드럽게 감싸며 가볍게 안아주었다. 라파엘라 또한 밀어내는 기색 없이 설핏 미소까지 보였다. 남자는 라파엘라 가까이 몸을 숙이고는 무슨 말인가를 건네고 있었다. 라파엘라는 남자의 말에 귀를 기울이며 한두 번 고개를 끄덕이기도 했다. 흡사 다정한 연인의 속삭임 같았다. 몇 마디를 더 주고받더니 둘은 곧 분수 옆을 떠나 광장의 왼쪽 골목으로 걸음을 옮겼다. 남자는 보호하듯 그녀의 어깨 옆으로 한쪽 팔을 두르고 있었다. 나는 잠시 망설이다 그들이 사라진 골목을 향해 광장을 가로질러 걸었다.

둘은 감쪽같이 사라지고 없었다. 골목 이곳저곳을 기웃거렸지만 라파엘라와 남자는 보이지 않았다. 나는 골목 한가운데에 우두커니 서고 말았다. 목적과 방향을 상실한 채였다. 작정하고 쫓은 것도 아닌데 아쉽게 놓친 것만 같아 공연히 부아가 났다. 고개를 젖히고 주위를 살폈지만 첨탑마저 보이지 않았다. 광장 쪽이라 짐작되는 길을 되짚어 몇 걸음 옮겼을 때였다. 나는 붙박이듯 그 자리에 멈춰 섰다. 라파엘라가 나를 보고 있었다. 마른 담쟁이가 실핏줄처럼 퍼져나간 건물의 안쪽 담벼락을 등지고 선 채였다. 갈색 숄은 마치 보호색 같아서 알아채기가 쉽지 않았다. 그녀의 창백한 얼굴이 아니었으면 그대로 지나쳤을지도 몰랐다. 라파엘라가 내내 지켜보았다고 생각하자 얼굴이 홧홧했다. 남자는 보이지 않았다. 라파엘라는 서늘한 눈빛을 띤 채 아무 말도 하지 않았다. 굳게 다문 입술에서는 내 자백을 듣기 전에는 절대로 먼저 입을 열지 않겠다는 단호함마저 느껴졌다. 숄을 움켜진 그녀의 마른 손등에 가는 힘줄이 돋았다. 바람마저 고인 골목으로 지독한 침묵이 흘렀다. 지나가는 사람 하나 없었다. 팽팽한 긴장의 끈을 먼저 놓아버린 건 나였다.

—널 찾고 있대. 네 남편이.

라파엘라의 눈빛이 흔들렸다. 하지만 아주 잠깐이어서 어쩌면 내 눈빛이 흔들렸는지도 모르겠단 생각까지 들 정도였다.

그런데? 그녀의 눈빛은 되레 그렇게 묻고 있었다. 당황한 건 오히려 나였다. 그녀는 남편이 자신을 찾는다는 사실보다 누군지도 모를 내가 쫓아와서는 그 말을 했다는 것에 더한 경계심을 보였다. 어쩌면 당연한 반응일지도 몰랐다. 같은 반도 아니었고 친구의 친구도 아니었다. 잘 안다고 생각한 건 나만의 착각이었다.

—따라온 건 미안해…… 말해주고 싶었어.

어설픈 자백을 끝내자마자 나는 카디건을 여미며 돌아섰다. 부러 씩씩하게 걸었지만 목덜미가 후끈거렸다. 어떤 기척도 없었다. 골목에서 광장으로 꺾어들며 슬쩍 돌아볼 때까지도 그녀는 그 자리에 그대로 서 있었다.

다음 날 새벽 수련에 라파엘라는 나오지 않았다. 예상한 바였다. 이틀 후면 한국으로 돌아간다는 말이라도 덧붙일 걸 그랬나 싶기도 했지만 이미 지난 일이었다. 수련이 남은 헬렌을 두고 샬라를 내려와 집 쪽으로 방향을 틀었다. 낙엽 몇 장이 오소소 발치로 떨어져 내렸다. 아직은 이른 가을이었다. 미처 초록빛을 떨치지 못한 나무가 바람에 부대꼈다.

그 아래 라파엘라가 서 있었다. 큰 키에 어울리는 헐렁한 아이보리색 긴 카디건을 걸치고 있었다. 화장기 없는 얼굴에 입술의

붉은 기가 유일한 생기였다. 그녀는 엄지로 알을 하나씩 하나씩 밀어내며 묵주를 돌렸다. 이윽고 긴 머리를 한 손으로 길게 쓸어넘긴 뒤 나를 향해 천천히 걸어왔다.

—같이 걸을래?

잠시 내 대답을 기다리는 듯하던 그녀가 돌아서더니 반 발짝 앞서 걸었다. 날 기억하느냐고 물을 새도 없었다. 속뜻을 가늠하느라 머뭇거리는 사이 그녀는 저만큼 멀어져 있었다. 같이 걷자고 해놓고는 좋을 대로 하란 식의 무심한 걸음이었다. 놓칠세라 라파엘라를 쫓아 나는 잰걸음을 옮겼다.

우리는 나란히 걸었다. 어제 내가 그녀를 뒤쫓던 그 길이었다. 광장을 지날 때는 운 좋게 침 뱉는 소년이 물을 뿜는 모습도 볼 수 있었다. 우리는 말없이 한동안 분수의 물줄기만 바라보았다. 중절모 남자는 보이지 않았다. 골목으로 들어선 라파엘라가 조금 앞서 걷더니 어제 마주쳤던 그 담쟁이덩굴 집 앞에서 걸음을 멈췄다. 그리고는 육중한 목조문을 열고 삐걱거리는 계단을 올랐다. 3층의 복도 끝 문 앞에 이르러서야 그녀는 조용히 입을 열었다.

—머무는 곳이야.

아주 작고 좁은 방이었다. 작은 냉장고와 싱크대, 싱글 침대 그리고 탁자와 의자 두 개가 욕실 쪽을 제외한 나머지 삼면을 채우고 있었다. 개인적인 세간이랄 것도 없이 침대 발치에 놓여 있는 여행용 캐리어 한 개가 전부였다. 금방 도착했거나 곧 떠날 사람의 방 같았다. 라파엘라는 투박한 머그컵에 홍차를 우려 내왔다. 우리는 창가 옆 작은 탁자에 마주 앉아 차를 마셨다. 열린 창문에 걸린 흰 레이스 커튼이 바람이 불 때마다 가볍게 흔들렸다. 탁자 위로 레이스 문양의 별 조각이 떨어졌다.

—하루의 대부분을 이 자리에 앉아서 보내. 그리고 많은 생각을 하지. ……간밤엔 네 생각도 좀 해봤어.

나는 우리가 같은 반을 한 적은 없으니 기억하지 못한다고 해서 미안할 것도 없는 고등학교 동창이라고 말해주었다. 그녀는 내 이야기를 묵묵히 들으며 컵의 손잡이만 만지작거렸다. 덧붙여 나는 내가 알고 있는 선에서 한국 소식을 간략하게 전했다.

—난 내일 한국으로 돌아가. 혹시…… 네 소식을 전하길 원하니?

나는 단도직입적으로 물었다. 라파엘라가 손을 멈추고 나를 바라봤다.

—그러지 않기를 바란다면?

—말하지 않을 거야.

—…….

라파엘라는 대답이 없었다. 묵주를 서너 바퀴쯤 돌리며 꽤 긴 시간을 보내고 나서야 그녀는 커튼을 살짝 젖혀 밖을 살핀 뒤 창문을 닫았다. 그리고는 나에게서 반쯤 돌아앉더니 천천히 겨자색 상의를 허리서부터 끌어올리기 시작했다. 가는 허리와 매끈한 등을 따라 척추가 만곡을 이루고 있었다. 아, 나의 입에서 탄식이 절로 흘렀다. 척추를 줄기 삼아 피어난 그것은 마치 이제 지기 시작하거나 이미 져버린 꽃처럼 푸르기도 검기도 했고 흩뿌린 목단 꽃잎처럼 검자줏빛에 가깝기도 했다. 또한 그것은 뱀이 광포하게 휘감은 흔적 같기도, 가시덤불로 후려친 생채기 같기도 했다. 누군가에 의해 마구잡이로 무참하게 짓밟힌 상처가 분명했다. 순간 무섬증이 일어 나는 몸을 떨었다.

—아직도 남아 있니?

나는 대답 대신 덜덜 떨리는 손으로 죽은 꽃과 뱀의 허물과 가시 자국을 더듬었다. 전이된 고통에 손끝이 아렸다. 가만히 라파엘라의 오른쪽 어깨로 팔을 뻗었다. 그녀의 함몰된 날개뼈가 만져졌다. 라파엘라가 왼손으로 오른쪽 어깻죽지를 감싸며 몸을 둥글게 말았다. 접어 올린 무릎 위로 고개를 떨구자 머리칼이 가슴 쪽으로 흘러내렸다.

—결혼하고 1년도 안 되었을 때야. 뉴스에도 나올 만큼 제법 큰 사건이었는데 남편은 패소하고 말았어. 그때까지 남편은 재판에서 한 번도 져본 적이 없는 사람이었어. 정확하게 말하면 인생에서 한 번도 실패해본 적이 없는 사람이야. 저녁을 먹으며 내 딴엔 위로를 한다고 한 마디 건넸는데…… 차라리 남편이 술이라도 진창 마신 상태였더라면 이해하기가 쉬웠을지도 몰라. 남편은 정말, 너무나 멀쩡해서 나는 더 무서웠어. 거실장 모서리에 부딪쳐 나가떨어지는 나를 보고 나서야 남편은 개운한 표정으로 내게서 떨어졌어. ……그게 시작이었어.

나는 그녀의 옷을 내려주었다. 그리고 그녀의 오목한 날개뼈에 손을 얹었다.

—너에겐 라파엘이 있잖아. 라파엘에게라도 말하지 그랬어?

—…….

라파엘라가 의자에서 몸을 일으키더니 벽 쪽으로 돌아섰다. 바랜 벽지 위로 사각 액자와 타원형 거울이 걸렸던 흔적이 본래의 벽지 색으로 남아 있었다. 라파엘라가 손을 뻗어 머리 위쪽의 벽을 더듬었다. 십자가의 흔적이 뚜렷했다. 라파엘라는 진짜 십자가 앞에라도 선 듯 십자 성호를 긋고는 두 손을 모았다. 그리고 나지막이 말했다.

—……죽었어, 라파엘.

뺑소니였고 아버지는 즉사했다. 나는 3일 동안 학교에 가지 못했다. 장례를 치르는 동안에 나는 울지 않았다. 믿기지 않으니 눈물도 나지 않았다. 장례식장에서 화장터로, 다시 납골당으로 휩쓸려 다니는 동안에도 내 표정은 내내 어리벙벙했으며 품이 큰 상복 치맛자락에 걸려 뒤뚱거리기만 했다. 밤이면 어김없이 졸았으며 때가 되면 배부터 고팠다. 아버지의 죽음을 실감한 건 학교로 돌아오는 아침부터였다. 여느 때처럼 지각을 했지만 선생님은 나를 붙잡지도 혼내지도 않았다. 지각생들 속에서 불러낸 뒤 그저 고갯짓으로 교실을 가리켰다. 기쁘지 않은 면죄부에 나는 고개를 떨구고 무리를 빠져나왔다. 벌을 서던 아이들이 서로 시선을 주고받으며 수군거렸다. 동정과 연민과 측은함이 뒤섞인 눈빛을 애써 숨기지 않았으며 깜짝 놀란 한두 명은 두 손으로 입을 가리며 울상을 짓기도 했다. 아직은 누군가를 능숙하게 위로하는 법을 모르는 나이였다. 줄의 맨 끝을 지나치는데 누군가 까치발로 라파엘라의 귀에 대고 속삭이고 있었다.

4교시 체육이 끝난 뒤였다. 남녀 합반인 1학년 체육 수업은 가끔 두 반을 합쳐 남녀로 나눈 뒤 남학생들은 운동장에서 구기 운동을 하고 여학생들은 체육관에서 여선생님의 지도하에 실내 운동을 하곤 했다. 리듬체조 선수 출신인 선생님은 매 시간 곤봉, 훌라후프, 공, 리본을 이용한 체조 동작을 가르쳐주었는데 여학생들은 제대로 된 동작은 차치하고 엉뚱한 데 떨어진 수구를 주우러 다니며 시간을 보내기 일쑤였다. 수업이 끝나면 꼬인 리본을 풀고 수구를 정리해서 기구실에 갖다 두는 건 당번의 일이었다. 마치는 종이 울리자마자 애들은 리본을 대충 말아 던져놓고는 우르르 교실로 몰려갔다.

그날, 우리 반 당번은 나였다. 나는 리본 뭉치 앞에 쪼그리고 앉아 꼬인 리본을 하나씩 풀었다. 어린아이처럼 입술을 삐죽거리며 눈에 힘을 주는데도 자꾸만 눈물이 흘렀다. 눈물을 훔치는데 누군가 다가와 옆에 앉았다. 7반 당번인 모양이었다. 나는 들킬세라 고개를 푹 숙이고 아무렇지도 않은 듯 리본을 풀었다. 7반 당번은 아무 말 없이 풀어놓은 리본을 착착 말아서 상자에 담았다. 눈물이 리본 위로 툭툭 떨어져 별 모양 자국을 만들었다. 점심을 먹고 쏟아져 나온 학생들로 체육관 밖은 소란스러웠다. 체육복 소매 밑으로 언뜻 나무 묵주가 보였다. 묵주는 진한 밤색으로 검지 손톱 크기의 구형알 십여 개에 작은 십자가가 연결된 모양이었는데 특이하게 묵주 알에는 모두 투박하게 장미 문양이 조각되어 있었다. 라파엘라였다. 그녀는 내 앞의 리본 뭉치를 모두 쓸어 가더니 민첩하게 풀어 나갔다. 라파엘라는 마지막 리본까지 말아 넣은 상자를 들고 뒤쪽 기구실로 성큼성큼 걸어갔다. 나는 오도카니 앉아 라파엘라가 체육관을 나가기를 기다렸다. 그때였다. 라파엘라가 다시 내 쪽으로 돌아왔다. 나는 고개를 숙인 채 그녀의 가는 발목을 바라보았다. 잠시 서 있던 라파엘라가 허리를 숙이더니 내 손목을 잡았다. 놀란 내가 고개를 드는데 그녀의 묵주가 내 손목으로 넘어왔다. 묵주에서 온기가 느껴졌다.

나는 잘못 들었다고 생각했다. 되묻기도 두려웠다. 나의 혼란을 짐작했는지 라파엘라가 다시 천천히 높낮이 없는 목소리로 되뇌었다.

—죽었어. 한 달 전에.

반사적으로 벌떡 일어선 나의 어깨를 가볍게 눌러 자리에 앉게 하고는 라파엘라는 제자리로 돌아갔다. 그리고 이미 식어버린 홍차를 한 모금 마셨다.

—아르헨티나에서……. 간 지 1년이나 됐을까. 교포 자녀 중에 갱단에 발 들인 애가 있었나 봐. 정신 차리고 빠져나오려 하니 온갖 협박이 끊이질 않았대. 애가 도움을 구하는데 라파엘로서는 모른 척할 수 없었을 거야. 다른 도시에 은신시키려고 같이 움직이다가 뒤를 밟은 갱단이 쏜 총에 맞았는데…… 내가 갔을 땐 이미 뇌사상태라 더 손 쓸 수도 없었어.

이대로 멈추면 두 번 다시 꺼내지 못할 이야기를 들려주듯 라파엘라는 숨조차 아꼈다. 폭풍에 덜컹이는 문을 붙잡고 간신히 버티는 사람처럼 그녀의 말은 억눌려 있었다.

—머리의 총알은 너무 깊숙이 박혀 수술조차 못 했어. 수술을 감행해서 총알을 빼낸다 해도 평생 식물인간으로 살게 되거나 잘못되면 수술 중에 죽을 수도 있다고……. 라파엘의 곁에서 그렇게 일주일을 보냈어. 병실 밖에선 모두가 내 결정을 기다리고 있었고. 일주일째 되던 날 나는 라파엘의 얼굴과 손, 발을 오래도록 쓰다듬었어. 그리고 마지막으로 어깨 밑으로 손을 넣어서 날개뼈 자리를 가만가만 더듬어 보았어. 곧 올라올 아기의 앞니같이 연하고 부드러운 살결 아래 숨어 있는 뾰족한 그것. 나는 몸을 기울여 라파엘의 귀에 대고 말해줬어. 정말 다행이라고.

방의 구석까지 밀려든 햇볕이 어느새 벽을 타고 오르고 있었다. 나는 빛의 끄트머리에서 서서히 사라져가는 십자가의 형상을 잠시 지켜보았다. 라파엘이 사라진 게 믿기지 않았다.

—배가 고파.

라파엘라가 찬장을 뒤져 쿠키 한 통을 꺼내 왔다. 굵은 설탕이 듬성하게 뿌려진 쿠키를 반으로 쪼갠 다음 나에게 한 쪽을 건넨 뒤 라파엘라는 자기 몫의 쿠키를 반으로, 다시 반으로 작게 나누어 입에 넣고는 오래오래 씹었다. 그리고 천천히 삼켰다. 그녀는 전혀 배고픈 사람 같지 않았다. 나는 차마 쿠키를 먹지도 못하고 애꿎은 설탕 조각만 뜯어냈다. 라파엘라는 마지막 쿠키까지 야무지게 씹어 꾸역꾸역 넘기고 나서야 말을 이었다.

—모두 기증했어. 각막, 심장, 간, 신장 그리고 피부까지. 여덟 명을 살릴 수 있더라.

라파엘라가 손목에 걸린 묵주를 만지작거렸다. 짙은 밤색의 알이 굵은 묵주였다.

—유품이라곤 이게 전부야.

—독일엔 언제 온 거니?

—라파엘 묻고 바로. 두 번이나 경유해서. 파리에서 여기까진 기차로 왔어.

나는 그제야 왜 라파엘라가 빈 방에서 짐도 풀지 못하고 금방이라도 떠날 사람처럼 지내는지 그리고 레이스로 가린 창가에 앉아 왜 틈틈이 창밖을 내다보는지 조금은 알 것 같았다.

—괜찮겠어?

—남편은 집요한 사람이야. 날 찾아내고 말 거야.

—이곳은 안전하니?

—지금으로선. …… 봤니? 나와 같이 있던 독일인.

나는 고개를 끄덕였다.

—누구라고 생각해?

—글쎄…….

동창들 사이에서 나도는 흉흉한 말까지 차마 내뱉을 순 없었다.

—그는…… 라파엘의 대부야.

아……, 예상치 못한 대답이었다. 나 또한 속된 생각에서 벗어나지 못하고 있었던 것이다.

—그는 누구보다 라파엘의 죽음을 가슴 아파하고 있어.

라파엘 남매가 태어날 당시에 그는 서울의 한 대학에서 철학을 가르치고 있었는데 부모님과의 인연으로 라파엘의 세례 대부가 되어주었으며 지금은 이곳의 대학에서 역사를 가르치고 있다고 했다. 연인의 몸짓이라고 여겼던 두 사람의 포옹이 실은 상처를 보듬는 위무였던 것이다.

—라파엘을 보내며 생각했어. 위험을 무릅쓰고 한 아이를 구할 수 있는 순수한 신념이 과연 내겐 있을까. 남편의 폭력을 견디며 반복했던 나의 기도가, 언젠간 남편을 구원할 수 있다고 믿었던 나의 신념이 결국은 나의 욕망을 가리기 위한 거짓 허울에 불과하지 않았을까. 돌아간다면 난 그 허울을 다시 뒤집어쓰겠지…… 그래서 난 돌아가지 않아.

말을 마친 라파엘라는 탁자 위에서 자신의 맞잡은 두 손에 힘을 주었다. 나는 몸을 기울여 그녀 쪽의 창을 조금 열어주었다. 서늘한 미풍이 불었다. 우리는 처음처럼 그렇게 탁자에 마주 앉아 창밖으로 빛이 썰물처럼 빠져나갈 때까지 오래도록 있었다.

이른 저녁을 먹고는 헬렌과 강변으로 산책을 나갔다. 한 시간쯤 걸은 후 우리는 갈림길 앞에서 헤어졌다. 헬렌은 저녁 수련을 위해 샬라로 돌아갔고 나는 헬렌이 일러준 방향으로 걸었다. 5분쯤 걷자 트인 마당이 나오고 드문드문한 고목 사이로 성당이 보였다. 크림색 외벽과 회색 지붕 위로 첨탑 두 개가 솟은 아담한 규모의 성당이었다. 호위하듯 둘러싼 굵은 둥치와 풍성한 잎사귀의 나무들이 만드는 안온함이 한데 어우러져 성당 주변은 무척 아름다웠다. 오르간 소리가 들렸다. 나는 성당으로 걸음을 옮겼다.

라파엘라는 가능한 한 코블렌츠에 머물길 원했다. 도시가 지나치게 크거나 작지도 않고 한국인도 많지 않아 남편의 눈을 피해 지내기에 안전하고 무엇보다 라파엘의 대부가 가까이 있어 심리적으로 위안이 된다고 라파엘라는 말했다. 남편의 폭력에 기인한 호흡 곤란을 극복하고자 사람들 눈을 피해 새벽 요가를 시작했으며 오후에는 성당에서 파이프 오르간 레슨을 받고 있다고 했다. 랭귀지 스쿨이 끝나는 대로 대학에서 본격적으로 성당 오르가니스트 과정을 밟을 계획이라고 했다.

파이프 오르간은 2층 후면에 있었다. 오르간은 세로로 8분할된 목조 테두리 안으로 길이가 다른 금빛 파이프가 세 개씩 붙어 있었는데 언뜻 보면 벽면 인테리어로 보일 만큼 2층 전면을 채우고 있었다. 연주대는 보이지 않았다.

나는 예배당의 맨 뒤쪽에 앉아 오르간 소리에 귀를 기울였다. 음은 단순하고 느렸다. 하지만 연주가 계속될수록 포개진 음들이 페이스트리 반죽처럼 층을 이루며 서서히 부풀어 오르기 시작했다. 첫 음이 사라질 때쯤 다른 음이 겹치며 소리는 더욱 깊어졌다. 마치 오래된 우물 안으로 허리를 반쯤 접어 넣고 받침에 이응이 들어간 말들, 이를테면 멍멍, 붕붕 같은 단어들을 외치면 금세 듣기 좋게 부풀어 올라오던 소리와 닮아 있었다. 나는 의자 등받이에 몸을 기댄 채 눈을 감았다. 라파엘라의 서툰 연주는 기도처럼 나지막하기도, 고해처럼 엄숙하기도 했다. 라파엘라는 라파엘을 한국으로 데려가지 않고 그가 몸담았던 성당의 묘역에 묻었다. 장례가 끝나고 모든 이들이 돌아간 뒤에도 라파엘라는 혼자 묘역에 남았다. 짧은 생몰연대가 새겨진 라파엘의 묘비를 앞에 두고 잠시 서 있는다는 게 정신을 차리고 보니 이미 해가 져 있어서 스스로도 깜짝 놀랐다고 라파엘라는 말했다. 그리고 거기서 라파엘라는 돌아가지 않기로 결심했다고 했다.

나는 라파엘라의 오르간 수업이 끝날 때까지 기다렸다가 인적이 드문 가까운 길을 골라 함께 걸었다. 짧은 시간이었다. 저녁 미사에 맞춰 성당 앞으로 돌아온 우리는 특별한 작별 인사도 없이 헤어졌다. 다만 내가 연락처 줄까, 하고 한 번 물었고 라파엘라가 느릿하게 고개를 가로저었을 뿐이었다.

승선장에서 헬렌은 아쉬움 가득한 얼굴로 나를 꽉 껴안고는 가볍게 흔들었다. 한 뼘이나 더 큰 헬렌의 품에 아이처럼 매달린 모양새로 나는 그녀의 등을 부드럽게 쓸어주었다. 괜찮다는데도 짐을 선실까지 옮겨준 헬렌은 승선장 앞에 서서 배가 움직일 때까지 긴 팔을 크게 흔들어주었다. 발목까지 깡총한 쥐색 바지가 바람에 나풀거렸다. 나는 눈물이 왈칵 쏟아질 거 같아 돌아가란 손짓을 하고는 문 뒤로 슬쩍 물러섰다. 그때 주머니 안쪽에서 폰이 울렸다. 라파엘라의 가출을 알려줬던 동창이 보낸 문자였다.

—글쎄 라파엘라가 지금 유럽에 있댄다. 남편이 어떻게 알아낸 모양이야. 연락하는 동창이 있나 싶어 여기저기 물어보고 있나 봐. 본 애들이 그러는데 라파엘라 없어지고 걔 남편 얼굴이 반쪽이 됐다더라. 딱해서 어쩐다니.

메일 주소라도 받아 둘 걸 하고 후회했지만 이미 늦은 일이었다.

—유럽 하니까 딱 네 생각이 나지 뭐야. 세희야, 혹시 거기서 보거나 들은 거 없니?

가슴 한편이 서늘했다. 예상 못한 일도 아니었지만 생각보다

빨랐다. 라파엘라의 남편이 작정하고 찾기 시작하면 넓은 유럽이라 해도 결국엔 꼬리가 잡힐 터였다. 아니, 몰라, 글쎄 등등의 단문을 쓰고 지웠다를 반복했다. 본 것도 없고 들은 말은 더더욱 없으며 곧 돌아갈 예정, 이라고 길게도 써봤지만 역시 지워버렸다. 이어질 동창의 질문을 덤덤하게 쳐낼 자신이 없었다. 빈 메시지 창을 닫았다. 그리고 폰의 전원 버튼을 길게 눌렀다.

데크로 올라갔다. 유람선은 이미 승선장에서 멀어져 있었다. 몇몇 관광객이 강바람을 맞으며 사진을 찍고 있었고 강에서 산 위 요새로 이어진 케이블카가 아침볕에 초파일 연등처럼 반짝이고 있었다. 고요하고 평화로운 아침이었다. 브이 자를 그리며 물길을 가르던 유람선의 뱃머리가 막 도이치 에크를 지나고 있었다. 독일의 모퉁이란 뜻인 도이치 에크는 두 개의 강이 하나로 모이는 두물머리 같은 곳으로 삼각형 모양의 뾰족한 광장이었다. 밑변 쪽에 위치한 거대한 빌헬름 2세상의 왼쪽으로 모젤강, 오른쪽으로는 라인강이 흐르고 있었다. 마인츠에서 출발한 유람선은 본류인 라인강을 따라 로렐라이 언덕과 수많은 고성을 지난 뒤 쾰른에 도착하게 될 것이다.

유람선의 맞은편, 모젤강 쪽으로 한 여자가 보였다. 갈색의 긴 트렌치코트를 걸치고 진갈색 페도라를 눌러쓴 여자는 주머니 깊숙이 손을 찔러 넣은 채 에크 쪽으로 느린 걸음을 옮겼다. 시선은 발치에 머물러 있었다. 라파엘라였다. 나는 반가움에 본능적으로 손을 들었다가 스르르 내리고 말았다. 에크와 배의 간격이 서서히 좁혀졌다. 에크의 꼭짓점에 먼저 다다른 라파엘라가 라인강을 바라보았다. 곧이어 유람선이 에크를 왼쪽으로 두고 본류인 라인강으로 빠져나가기 시작했다. 에크에 서있던 독일 청년 서넛이 일제히 유람선을 향해 휘파람을 불며 손을 흔들었다. 응답하듯 뱃고동이 길게 울렸다. 소리를 쫓아 유람선 쪽으로 고개를 돌린 라파엘라와 시선이 부딪친 건 그때였다. 배는 이미 빠르게 움직이고 있었고 우리가 서로를 바라본 건 아주 잠깐이었다. 라파엘라가 페도라를 살짝 추켜올리며 나를 바라보았다. 그리고 난간에 올렸던 오른손을 거둬 왼 손목에 걸린 묵주를 부드럽게 돌리기 시작했다. 그 순간 나는 라파엘라가 나를 기억하고 있음을 확신했다. 샬라 앞에서 기다릴 때도, 성당 앞에서 헤어질 때도 라파엘라는 묵주를 만지고 있었다. 성과 이름은 잊었다 해도 묵주의 기억은 쉽게 끊어지지 않았을 터였다. 나는 소실점으로 사라질 때까지 에크를 바라보았다. 그리고 이 도시가 부디 라파엘라의 은거지가 되기를 바랐다.

*

라파엘라에게 묵주를 보내고 약 보름쯤 지나 택배 하나를 받았다. 독일에서 온 것이었고 라파엘라에게 보냈던 상자와 같은 크기였다. 상자에는 독일어 스탬프가 큼직하게 찍혀 있었다. 그리고 그 옆에 붉은 펜으로 수취인 불명이라고 쓰여 있었다.

ch 41

ch 41

흑백 화면 속에서 조랑말이 달리고 있다. 조랑말보다 작은 기수의 엉덩이가 안장 위에서 불규칙적으로 들썩인다. 조랑말은 멈추지 않고 기수는 지치지 않는다. 앞만 보고 거침없이 달린다. 고정된 카메라가 풀 샷으로 이들의 질주를 지켜본다. 기수의 입이 함박 벌어지며 목구멍 너머 사과심 같은 목젖이 보인다. 환한 웃음이다.

화면에서 눈을 뗀 윤주는 비닐장갑을 한 쪽씩 벗어 볼 가장자리에 걸쳤다. 유리 볼에는 빚다 만 밥이 남아 있고 접시에는 꼬마 주먹밥이 소담하게 담겨 있다. 잘게 썬 오이와 당근, 파프리카가 알맞게 섞인 주먹밥은 알록달록한 탱탱볼 같다. 윤주는 주먹밥을 하나씩 깨소금이 담긴 접시 위로 가볍게 굴린 다음 잘라둔 김으로 주먹밥의 허리를 둘렀다. 고소한 냄새가 집 안을 감돌았다. 윤주는 거실을 가로질러 베란다로 난 유리문을 열었다. 볕이 비껴든 귀퉁이에서 월마는 정수리부터 누렇게 시들고 있었다. 뾰족한 이파리가 잔바람에 흔들렸다. 아주 키우기 쉬운 식물입니다. 햇빛, 바람, 물만 있으면 쑥쑥 큽니다. 어린 애들처럼요. 애, 키우시죠? 남자가 월마를 골라주며 물었다. 2주에 한 번씩 트럭 가득 화분을 싣고 와 아파트 입구에서 난전을 펴는 남자였다. 시든 월마 옆으로 빈 화분들이 즐비했다. 건조대에 일렬로 걸린 와이셔츠를 밀어 한쪽으로 젖힌 뒤 윤주는 베란다 창을 열었다.

우와. 우와아.

소리가 폭죽처럼 치솟았다. 윤주는 난간을 붙잡고 아래를 내려다보았다. 1, 2호 라인 뒤편으로 놀이터가 보였다. 시소 두 개, 그네 세 개와 미끄럼틀 그리고 시소 너머로 네 개의 플라스틱 목마가 횡렬로 늘어선 작은 놀이터였다. 통칭 목마라고 부르지만 말이라고 부를 수 있는 건 맨 끝의 노랑 조랑말 하나뿐이었다. 나머지는 초록 애벌레, 분홍 나비, 파랑 돌고래였다. 세 살이나 됐을까. 아이는 유독 노랑 조랑말을 좋아했다. 달릴 수 있는 건 조랑말뿐이라는 걸 이미 알고 있는 것처럼. 비어 있는 목마를 두고도 아이는 조랑말 자리가 날 때까지 주위를 맴돌며 무던히 기다렸다. 윤주는 아이의 그 똥고집이 사랑스러웠다. 그리고는 한번 말에 올라타면 해가 넘어가고 바지의 엉덩이 부위가 만질만질해질 때까지 아이는 쉬이 지치지 않았다. 턱까지 야무지게 잡아 내린 모자의 고무줄 바깥으로 토실한 살집이 삐져나왔지만 작은 기수는 전혀 개의치 않았다.

윤주는 거실의 텔레비전으로 고개를 돌렸다. 놀이터의 작은 기수는 화면 속에서도 변함없이 달리고 있었다. 흑백 화면 위로 색과 소리가 포개졌다. 벌어진 입술 위로 아이의 웃음소리가 입혀졌고, 무채색의 면티와 반바지 위로 본연의 색이 살아 올랐다. 모자는 노랗게, 퍼프소매 티는 파랗게, 찍찍이 운동화는 보라색으로. 윤주는 아이를 향해 손을 뻗었다.

조윤주 님.

진료실에서 나온 간호사가 맞은편 대기석을 향해서 외쳤다. 윤주는 가볍게 손을 들어 보이고는 아이를 향해 손을 내밀었다. 소파에 앉아 소시지를 먹던 아이가 말똥한 얼굴로 윤주를 올려다보았다. 바닥에 닿지 않아 붕 뜬 두 다리가 대롱거렸다. 윤주는 허리를 굽혀 소시지를 다른 손으로 옮겨 주고는 아이의 오른손을 잡았다.

들어가자.

아이는 배부터 밀어내며 의자에서 내려왔다. 양쪽 볼이 다람쥐 볼처럼 불룩했다. 윤주가 볼을 가볍게 건드리자 아이가 부러 그러는지 냠냠, 소리를 냈다. 위층 소아과의 간호사가 준 소시지였다. 주사를 맞기도 전에 울기부터 하는 아이 앞에서 신참 간호사는 어찌할 줄 몰랐다. 급한 대로 제 주머니의 간식을 털어 쥐어주고는 그 틈을 타 간신히 주사를 놓았다.

많이 불규칙하세요?

의사는 차트에 시선을 둔 채 물었다.

그러게요. 한 일 년 전부터 들쑥날쑥하더니…… 이번 달은 넉 달째인데도 아직 소식이 없네요.

윤주는 책상 위에 비스듬히 놓인 탁상 달력을 보며 말했다. 의사는 고개를 들어 윤주와 아이를 번갈아 보았다.

임신, 아닌 건 아시죠?

윤주는 물론이라는 듯 고개를 끄덕였다.

조기 폐경이 의심되는데요.

의사는 책상 위로 팔꿈치를 올리며 손을 맞잡았다. 그리고 아이를 향해 빙긋 웃어주었다.

미혼이라면 문제지만 조윤주 님은 결혼도 하셨고 아이도 있으니 큰 걱정은 없겠네요.

윤주는 아이를 돌아봤다. 아이는 소시지의 껍질을 벗기지 못해 애를 먹고 있었다. 손을 뻗어 비닐을 벗겨 주려는데 손끝이 가늘게 떨렸다. 폐경. 아무래도 상관없다고 생각했는데. 설명하기 어려운 감정에 스스로도 난감했다. 코앞에서 놓친 막차. 혼자만 타지 못한 엘리베이터. 어느 편에도 끼지 못하는 놀이의 깍두기.

둘째 계획 있으세요?

네? 그게…….

윤주는 말끝을 흐렸다.

문제는 자궁에 있는 근종인데요. 좀 커요. 단순 물혹일 수도 있지만 검사 결과에 따라 제거 수술이나 자궁 적출까지도 염두에 두셔야 해요.

윤주는 무어라 대답하지 못하고 머뭇거렸다. 1년 전 검진을 통해 근종이 몇 개 있다는 건 이미 알고 있었다. 그때는 크기가 작아 수술까지 가진 않았었다. 아이가 윤주의 손목을 슬며시 잡더니 빈 소시지 껍질을 내밀었다. 마신따. 아이는 만족스러운 얼굴로 가볍게 손을 털었다.

귀여운 딸이네요. 엄마를 많이 닮았어요.

의사의 말이 끝나자마자 아이가 윤주를 돌아보며 도돌이표처럼 음, 마를 내뱉었다.

우리 딸은 엄마를 참 많이 닮았어.

아버지의 혼잣말에는 그리움과 걱정이 반반씩 섞여 있었다. 얇은 점퍼 자락에 찬바람을 묻혀 들어온 아버지의 양 손에는 케이크 상자와 빵집 봉투가 들려 있었다. 봉투 안에는 소보로빵, 팥빵, 크로켓부터 비싼 카스텔라까지 온갖 빵이 기준 없이 들어 있었다. 때 아닌 초콜릿 케이크까지 더해져 풍성한 식탁 앞에서 신난 윤주와는 달리 아버지의 표정은 촛불처럼 일렁였다.

이모한테 들었어. …… 다 컸다. 우리 딸.

응? 뭘?

윤주는 야채 크로켓을 한 입 베어 물고는 입가에 묻은 튀김가루를 털어냈다.

네 엄마가 있었으면 잘 챙겨줬을 텐데……. 아빠는 잘 몰라.

순간 윤주의 양 볼이 붉어졌다. 윤주는 먹다 만 크로켓을 식탁 위에 툭 내려놓고는 방으로 내달렸다. 문을 잠그고 침대에 걸터앉았다. 크로켓을 마저 씹어 넘긴 뒤 윤주는 책상 맨 아래 서랍을 열어보았다. 서랍 안은 생리대로 가득했다. 낮에 이모가 사다 준 것이었다. 생리대를 채워 넣으며 이모는 한 달에 한 번, 양이 많으면 자주 갈아주고, 일주일 가까이 등등의 말을 늘어놓았다. 그리고 슬쩍 눈가를 훔쳤다. 이제 5학년인데. 엄마를 닮아 윤주, 너도 월경이 빠르구나, 란 말을 보탰던 것도 같다. 월경. 뭔가 부끄러우면서도 본능적인 자부심이 느껴지는 단어였다. 월경? 윤주가 되묻자 이모는 돌아앉으며 그래, 엄마가 될 수 있다는 신호. 네 엄마가 너를 낳은 것처럼. 이모가 그 말을 안 했더라면 참 좋았을 거라고 윤주는 두고두고 생각했다. 윤주는 서랍을 닫고는 그대로 책상에 엎드렸다. 엄마는 첫아이인 윤주를 낳다가 죽었다. 과다 출혈로 인한 쇼크사였다. 큰 병원으로 향하던 구급차 안에서 엄마는 숨을 거뒀다. 윤주는 덜컥 겁이 났다. 엄마의 제사상 앞에서 생일 케이크를 맛있게 먹던 철없는 나이는 훌쩍 지나 있었다. 어쩌면 엄마처럼 죽을지도 모른다는 두려움이 엄습했다. 아이 낳다 죽을지도 몰라. 난 엄마를 많이 닮았으니까. 그 후로 윤주는 월경이 시작될 때마다 악몽을 꾸었다. 꿈에서 깨 이불을 들치면 매번 요 위로는 핏자국이 번져 있었다. 식은땀을 흘리며 젖은 수건으로 핏자국을 지울 때마다 윤주는 막연한 두려움에 몸을 떨었다. 결혼의 조건으로 딩크족을 내건 윤주에게 남편은 극복할 수 있다면 트라우마가 아니겠지, 라고 말하며 고개를 끄덕였다.

오전과 오후가 맞물리고 있었다. 정오의 마트는 한산했다. 천장 쪽 곁창으로 비쳐 든 볕이 바닥으로 조각째 떨어졌다. 쪽볕 아래 세워둔 카트 안에서 아이는 잠들어 있었다. ATM기를 쓰는 몇 분 사이의 일이었다. 몸을 동그랗게 말고 고개를 모로 떨군 채였다. 신규 화장품 코너에서 받은 풍선이 아이의 배 위에서 숨결을 따라 오르내렸다. 윤주는 아이의 동그란 머리를 들어 바로 세웠다. 불편한 자세임에도 아이의 쪽잠은 깊었다. 윤주는 손을 뻗어 빛 속에 담긴 아이를 더듬었다. 갈래머리와 동그란 이마, 통통한 입술과 볼록한 배, 작은 발까지.

그날 윤주는 채널을 이리저리 돌리며 H홈쇼핑을 찾고 있었다. 거의 보지 않는 텔레비전이라 채널을 찾는 데도 한참이었다. 친구의 전화를 받고 난 직후였다. 석류에 여성 호르몬이 그렇게 많대. 생리 불순이란 윤주의 말을 친구는 흘려듣지 않고 기억하고 있었다. 친구의 말대로 H홈쇼핑에서는 석류 엑기스 판매가 한창이었다. 빨간 립스틱을 바른 여성 쇼핑 호스트가 붉은 석류가 그려진 엑기스 봉지를 들고 직접 시음 중이었다. 오늘 이 시간 주문자에 한해 원 플러스 원의 파격 구성이라는 말도 잊지 않았다. 윤주는 호스트의 과장된 몸짓이 영 불편했다. 생리가 끊긴다고 당장 어떻게 되는 것도 아니고. 그냥 석류나 몇 개 사 먹고 말지 싶어 윤주는 채널을 돌렸다. 피임은 했지만 혹 임신일까 싶어 테스트기도 두 번이나 해봤지만 아니었다. 윤주의 나이, 아직 마흔둘이었지만 가임기의 절정을 지난 지 오래였다. 한두 번 피임에 실패했다고 더는 가슴을 졸이지 않아도 될 만큼 자연 임신이 자연스럽지 못한 나이였다.

무심히 채널을 돌리던 윤주의 손이 멈췄다. ch 41. 흑백 화면이었다. 볼륨을 키워봤지만 음은 소거된 상태였다. 카메라는 놀이터를 향해 비스듬히 고정되어 있었다. 어딘가 낯에 익었다. 화면을 유심히 살피던 윤주는 베란다 창을 보았다. 그곳은 윤주가 사는 아파트 내에 있는 놀이터였다. 놀이터에 설치된 CCTV가 각 세대의 텔레비전과 연결되어 있어 집에서도 놀이터의 아이를 지켜볼 수 있게 만든 시스템이었다. ch 41은 연결 채널이었다. 세상 참 좋아졌네. 혼잣말을 하며 윤주는 화면 속 유일한 움직임에 시선을 두었다. 여자 아이 하나가 홀로 조랑말을 타고 있었다. 흑백 화면 속에서 아이는 유일한 생기였다. 돌올한 아이의 이미지가 그대로 떠올라 윤주를 흔들었다. 그때 아이에게 왜 그렇게 쉽게 마음을 뺏길 수 있었는지, 후에 윤주는 곰곰이 생각해본 적이 있다. 아마도 그것은 윤주 내에서 일어나지만 자각하기는 쉽지 않았던, 자연소멸에 다다른 생식과 번식의 본능을 일깨우는 라스트 콜이었을지도 모른다.

그 후로 윤주는 습관적으로 ch 41을 보았다. 아직 어린이집을 다니지 않는지 아이는 하루의 대부분을 놀이터에서 보냈다. 말을 타고 시소를 흔들고 그네를 잡아당기고 미끄럼틀을 오르내리는 아이의 움직임에는 힘이 넘쳤다. 혼자서도 잘 웃고 넘어져 뒹굴다가도 발딱 일어났으며 시종 잘 뛰었다. 어느 날 윤주는 아파트 뒤로 난 오솔길을 따라 놀이터로 가보았다. 손에는 큼직한 석류 서너 개가 든 봉지가 들려 있었다. 입구 쪽 귀퉁이에 설치된 CCTV가 윤주를 지켜보았다. 놀이터는 비어 있었다. 아이는 없었다. 아쉬운 마음에 조랑말의 날개를 쥐고 가볍게 흔들자 용수철이 튀어 오르며 조랑말이 앞뒤로 출렁거렸다. 윤주는 벤치에 앉아 홀로 달리는 조랑말을 멀거니 바라보았다. 선명한 개나리색 조랑말의 눈동자가 별 모양으로 반짝였다. 그때 인기척이 들렸다. 고개를 돌리자 오솔길 끝으로 아이가 보였다. 불안한 뜀박질이었다. 마치 자신을 향해 달려오는 것만 같아 윤주는 자리에서 벌떡 일어섰다. 저도 모르게 아이를 향해 두 손을 뻗었다. 하지만 아이는 윤주에게 시선조차 주지 않고 조랑말 쪽으로 내달렸다. 몇 걸음 늦게 따라온 중년 여인이 아이의 엉덩이를 받쳐 안장 위로 올려주었다. 아이는 엉덩이를 들썩거리며 달리기 시작했다. 윤주는 민망함에 손을 거뒀다.

아예 저 조랑말을 떼 가든가 해야지. 저리 좋을까.

중년 여인은 들고 나온 아이의 점퍼를 개키며 윤주 옆에 앉았다.

할머니신가 봐요?

나요? 아녜요.

중년 여인이 손사래를 쳤다.

옆집 애예요.

아…….

백일 갓 지나서부터 봐줬으니 손주나 매한가지긴 하죠.

중년 여인은 아이에게서 시선을 떼지 않은 채 말했다. 아이는 옆집에 산다고 했다. 맞벌이 하는 아이 부모의 부탁으로 3년째 아이를 돌봐왔는데 다음 달에 이사를 가야 해서 서운한 마음뿐이라고 덧붙였다. 아직 마땅한 사람을 구하지 못해 걱정이라는 말을 듣고 있던 윤주가 고개를 들어 아이를 바라보았다. 햇살 속의 아이는 마치 홀로그램 같아서 손으로 잡으면 사라질 것처럼 투명했다.

아이는 윤주를 좋아했다. 아이의 집에 처음으로 갔던 날 윤주가 아이에게 내민 말 인형 덕일지도 몰랐다. 말 인형의 배를 누르면 울음소리가 났다. 이힝이힝. 깜짝 놀란 아이가 눈을 동그랗게 뜨고 엄마를 돌아봤다. 아이의 엄마는 아이와 마주 보며 차근차근 말했다. 강아지는 어떻게 울지? 뭉뭉. 소는? 움머. 잘 아네. 그럼 말은? 말은 어떻게 울까? 아이는 골똘히 생각하더니 주저 없이 이힝, 이힝이힝이라고 대답했다. 영리한 아이였다. 윤주가 아이 엄마와 이야기를 나누는 동안 아이는 쉼 없이 말의 배를 눌러댔고 거실에는 말 우는 소리가 가득했다. 아이 엄마는 출산과 육아 경험이 없다는 윤주의 말에 난색을 표했다. 옆 동 이웃인 건 마음에 꼭 들지만 육아 경험자를 쓰고 싶다며 정중하게 거절했다. 윤주는 교육학 전공임을 내세워 부족한 경험을 노련한 훈육으로 상쇄시킬 수 있음을 은근히 어필했다. 아이 엄마는 잠시 주저하더니 아이 아빠와 상의 후 연락을 주겠다 했고, 며칠 뒤 아이를 맡아주면 감사하겠다는 전화를 해 왔다.

애 싫어하는 거 아니었어?

퇴근한 남편이 난감한 표정으로 아이를 내려다봤다. 아이는 신중하게 9피스 퍼즐을 맞추고 있었다. 손에 들린 호랑이의 꼬리 조각이 제자리를 찾지 못하고 머리 주변에서 헤맸다.

동물을 키워보는 건 어때? 뭘 배워도 좋고.

싫어.

그럼 복직을 해. 나 때문에 그러는 거면 난 정말 괜찮아.

윤주는 아이 앞머리에서 덜렁거리는 리본핀을 바로 꽂아주며 남편의 말을 못 들은 척 넘겨버렸다.

6개월 전까지만 해도 윤주는 교재 전문 출판사에서 교재 개

발 팀장으로 일하고 있었다. 10년 넘게 다닌 직장이었고 일에 대한 자부심도 있었다. 인사 이동으로 남편이 지금 살고 있는 도시로 발령을 받게 되면서 부부는 합의하에 주말부부를 시작했다. 하지만 채 6개월도 되기 전에 윤주는 휴직계를 내고 남편이 있는 곳으로 내려왔다. 안식년 휴가라고 윤주는 호기롭게 말했지만 한번 비우면 복직이 쉽지 않은 자리였다.

내년 초에 이민 간대. 몇 개월 안 되잖아.

윤주는 내켜하지 않는 남편을 설득하기 위해 없는 말까지 지어냈다.

잠에서 깬 아이는 잠시 투정을 부리더니 이내 쾌활해져서 카트 안에서 쉼 없이 종알댔다. 화장지 코너에서는 모든 티슈를 하나하나 손으로 짚으며 윤주를 돌아봤다. 그건 물티슈, 이건 롤티슈, 아니 그게 각티슈. 윤주의 대답을 몇 번씩 따라 하고 나서야 아이는 다른 코너로 눈을 돌렸다. 다소 귀찮기도 했지만 아이의 눈에 담긴 빛나는 호기심을 무시할 수 없었다. 흡수가 빠른 아이의 영민함에 교육학 전공자로서 느끼는 뿌듯함 또한 덤이었다.

식품 코너를 한 바퀴 돈 후 윤주는 시식 코너 앞에서 카트를 세웠다. 그리고 초록색 이쑤시개로 만두 조각 하나를 집어 아이의 입에 넣어주었다. 아이는 야무지게 씹어 넘기고는 참새처럼 입을 다시 벌렸다.

한 봉지 사세요. 애가 이렇게 잘 먹는데.

접시 위로 4등분한 만두를 내려놓으며 마트 직원이 말했다.

참 맛있게도 먹네요. 몇 살이에요?

세 살요.

세 살 전까지면…… 보통 개월 수로 말하는데.

직원이 찜통에 만두를 채워 넣으며 고개를 갸웃했다. 진열된 만두 봉지를 집어 올리던 윤주의 손이 멈췄다. 그쪽이 먼저 몇 살이냐고 묻지 않았느냐고 되받아치려다 그만두었다. 면접을 보던 날 아이 엄마는 아이가 26개월이라고 분명히 말했다. 하지만 윤주의 무의식에서 26개월이 세 살로 변환 인식되는 중에도 윤주는 그 미세한 차이를 알아차리지 못했다. 윤주의 귓불이 달아올랐다.

근데 딸이라 그런가. 많이 작네요. 잘 먹여야겠어요.

알 수 없었다. 별 뜻 없이 던진 직원의 어느 말에 윤주가 발끈했는지. 들었던 만두 봉지를 팽개치듯 내려놓고는 카트를 홱 돌릴 만한 이유가 어디에 있었는지. 여전히 입을 앙 벌리고 만두 한 점을 기다리는 아이의 영문을 몰라 하는 눈동자를 마주치자 윤주는 마음이 서늘해졌다. 윤주는 유제품 코너로 카트를 돌렸다. 카트 안에는 평소의 윤주라면 사지 않았을 제품들이 들어 있었다. 아이가 예쁘다는 말에 활짝 갠 얼굴로 주워 담았던 유기농 크래커와 무농약 자몽 주스, 아이가 영리하게 생겼다는 말에 뿌듯한 마음으로 유통기한도 확인하지 않고 집어

들었던 열 개들이 어린이 요구르트를 제자리에 돌려 놓는 동안 윤주는 아이에게 시선을 주지 않았다. 카트 안의 아이마저 욕심으로 주워 담은 물건 취급하게 될까 두려웠다.

윤주가 남편의 손목을 잡았다. 서랍으로 손을 뻗던 남편이 고개를 돌렸다.

무슨 뜻이야?

윤주는 스르르 손을 풀었다.

왜 그래? 질색하잖아.

그래…… 아냐…… 꺼내. 써야지.

이번엔 윤주가 손을 뻗어 서랍을 열었다. 손바닥만 한 종이 상자를 꺼내 통째로 남편에게 건넸다.

가능하긴 할까…….

윤주는 맥락이 없는 혼잣말을 던졌다.

당신, 배란기야?

남편은 윤주의 봉긋한 가슴에서 손을 떼며 물었다. 남편의 등 뒤로 두 팔을 깊게 찔러 넣고 배를 맞댄 채 엎드려 있던 윤주가 고개를 들어 남편을 보았다. 몇 달째 밀린 생리가 끝난 지 이 주 정도 지나 있었다.

그거 알아? 당신이 원해서 할 때 굉장히 뜨거운 거.

내가?

남편은 윤주의 둔부를 살짝 꼬집었다.

아주 거칠어. 본능적으로.

윤주는 남편의 가슴팍에 뺨을 대고 엎드렸다. 콘돔을 찾는 남편의 손을 잡고 싶은 적이 가끔 있었다. 성욕이 강한 편이 아닌데도 제 스스로 먼저 남편의 옆구리를 파고든 적도 적지 않았다. 무의식적인 행동이었다. 성욕에 특별한 주기가 없는 남자와 달리 여자의 몸은 본능적으로 성욕의 주기를 안다. 그리고 그 주기는 번식의 시기와 맞닿아 있다. 그런 윤주의 본능을 남편은 예민하게 알아챘다.

지금이라도…… 가질까? 당신만 좋다면.

남편은 윤주의 머리칼을 부드럽게 쓰다듬었다. 윤주는 식은 몸 위로 이불을 당겨 덮었다. 부부는 지난 십육 년 동안 확고한 딩크족이었다. 가족과 지인들의 염려와 모르는 이들의 오지랖에 시달리기도 했지만 윤주와 남편의 생각은 변함없었다. 결혼 전부터 남편은 윤주의 뜻을 충분히 존중했고 결혼 생활을 하는 내내 아이를 갖는 문제로 속을 썩인 적도, 서운해한 적도 없었다. 사십 대에 들어서면서 부부의 생각은 더욱 공고해져서 평온무사의 일상에 몹시 만족하던 즈음이라 갑작스레, 그것도 자신에게 일어난 내면의 이 돌연한 균열이 윤주는 몹시 당혹스러웠다. 만약 둘 중에 하나가 파문을 일으킨다면 그것은 반드시 남편일 거라고 내심 자신까지 하고 있었다. 거세된 줄 알았던 본능이 의식의 강박 아래 불잉걸로 남아 있다 지금에 와서야 다시 살아난 상황에 대해 자신도 답하지 못했다.

남편이 윤주의 젖은 뺨을 더듬었다.

윤주야…… 당신, 괜찮아?

윤주는 남편에게서 떨어져 나와 그대로 돌아누웠다. 스탠드 불빛에 어룽진 벽지의 무늬를 손으로 더듬으며 윤주는 끝, 이라고 적었다.

아이 엄마는 나흘간의 연휴가 끝나고도 아이를 보내지 않았다. 아이 대신 온 건 전화였다. 짧은 침묵을 깨고 아이 엄마는 말했다. 더 이상 아이를 맡기지 않겠어요. 아이 엄마는 두괄식 화법을 사용했다. 논리적인 사람의 특성이었다. 목소리는 정중하지만 단호했다. 저희 애를 예뻐해주는 건 고맙지만 엄마 행세는 곤란합니다. 마트며 병원이며…… 모두 조윤주 씨를 엄마로 알더군요. 단 한 곳도 빠짐없이요. 제가 얼마나 민망했는지 아세요? 전공자라면서요. 아이에게 혼란을 주면 안 되죠. 수화기 너머로 아이의 재잘거림이 들렸다. 아이를 낳아보지 않은 분께 이런 말하기 그렇지만. 아마 말해도 잘 모르실 거예요. 별일 아닌 거에도 엄마 마음이란 게 그래요. 윤주는 깊게 한숨을 내쉰 뒤 알겠노라고 대답했다. 미안하단 말은 하지 않았다. 오해를 정정하지 않았을 뿐 결코 행세한 적은 없었다. 전화를 끊고 윤주는 아이가 포기한 퍼즐을 들여다보았다. 미처 완성하지 못한 호랑이 퍼즐이었다. 호랑이는? 야옹. 고양이는? 어흥. 아이는 작은 호랑이와 큰 고양이의 구분을 어려워했다. 그런 아이의 볼을 붙잡고 한 번쯤, 어쩌면 두 번쯤 으구구, 귀여워라, 우리 아기라고 부른 것도 같았다. 아이와 단 둘이 있을 때였다. 윤주는 호랑이 머리에 얹힌 꼬리 조각을 들어 잠시 만지작거리다 제자리에 끼워 넣었다.

아이가 사라진 오전은 늘어진 테이프처럼 난감했지만 윤주는 늘 그래왔듯 밀린 책을 읽었고 남편의 와이셔츠 몇 벌을 다렸으며 선물 받은 양지로 장조림도 만들었다. 재능 기부 중인 상담 사이트에 들어가 몇몇 고민에 답글도 올렸다. 무심결에 텔레비전을 켜고 채널을 돌려 새 보모와 노는 아이를 지켜보기도 했다. 아이는 예전처럼 다시 무음과 흑백의 세계로 돌아가 있었다. 왜 아이가 오지 않느냐고 남편이 물었지만 윤주는 대답 없이 싱크대 앞에서 밥그릇에 눌어붙은 밥알을 떼는 데만 집중했다. 조림을 하고 남은 국물에 잔멸치와 마늘종을 살짝 볶아 밥에 비벼 먹은 뒤 윤주는 냉장고를 뒤져 하나 남은 석류까지 꺼내 먹었다. 몇 알 먹지도 않았는데 금세 손끝이 붉어졌다. 윤주는 석류알을 접시에 발라낸 뒤 빈 껍질을 들고 베란다로 나갔다. 과일 껍질을 흙 위에 올려두면 식물의 수분 유지에 도움이 된다고 들었다. 몇 주 전까지만 해도 그저 이파리 끝이 누렇기만 하던 월마가 반신불수마냥 몸을 가누지 못하고 반쯤 무너져 있었다. 화분 아래 받쳐 놓은 대야의 물도 이미 바짝 말랐다. 빛은 저만치 물러나 있었고 바람은 창밖에 묶여 있었다. 윤주는 쪼그리고 앉아 고개를 떨군 월마를 깨우듯 흔들었다. 레몬수 같은 풀내가 손에 묻어났다. 윤주는 두 손에 코를 묻고 숨을 깊게 들이마셨다. 그리고 월마를 현관 쪽으로 내다 놓은 뒤 빈 화분들을 포개어 다용도실로 치웠다.

트럭에서 공터로 화분을 옮기던 남자가 윤주와 월마를 번갈아 보며 혀를 찼다.

어쩌다가요.

남자가 월마를 받아 들고는 속대와 뿌리를 꼼꼼히 살펴보았다.

뿌리는 아직 괜찮네요. 진작 들고 오시지.

……살까요?

살려봐야죠. 다음 장에 와보세요.

남자는 전지가위로 가차 없이 월마의 누런 잎을 쳐냈다. 바닥으로 죽은 이파리들이 떨어졌다.

……제 잘못이에요.

윤주의 침울한 목소리에 남자가 힐끗 돌아봤다.

그래도 포기하진 않았잖아요.

앙상한 줄기만 남은 월마 위로 남자가 흠뻑 물을 끼얹자 이파리 끝에 매달린 물방울이 낮 볕에 반짝였다. 마다하는 남자의 조끼에 몇천 원을 찔러 넣어 주고는 젖은 블록을 피해 걸음을 옮겼다. 해는 아직도 기울지 않고 있었다.

여자는 엄마 같기도, 엄마를 많이 닮은 윤주 같기도 했다. 머리카락 몇 올이 흐른 얼굴은 땀으로 얼룩져 있었다. 열린 눈동자 위로 형광색 빛이 쏟아졌지만 여자는 반응하지 않았다. 손끝과 발끝의 냉기가 온몸으로 빠르게 번졌다. 다급한 손길과 잰 발걸음 사이에서 끈적한 바람이 일었고 여자의 움켜쥔 주먹이 맥없이 풀렸다. 손바닥에 손톱자국이 깊게 패 있었다. 네 귀퉁이에서 팽팽히 당겨 올리는 시트 안에서 여자의 몸은 가벼웠다. 가랑이에서 흘러내린 선혈이 시트 위를 점령하듯 뒤덮었다. 바닥으로 핏물이 방울져 떨어졌다. 한 점이었던 핏물이 줄기로 변해 바닥을 흥건히 적시도록 여자는 의식을 찾지 못했다. 코끝으로 피비린내가 진동했고 멀리서 사이렌 소리가 들려왔다. 점점 커지는 소리에 고막이 터질 것 같았다.

발작적으로 잠에서 깬 윤주는 허겁지겁 바짓가랑이 사이를 더듬었다. 그리고 이불을 들쳐 요를 살폈다. 바지도 이불도 모두 깨끗했다. 바지 속으로 손을 넣어 아랫도리를 훑었지만 팬티에는 습기조차 없었다. 윤주는 털썩 주저앉았다. 초경 이후로 매월 반복되는 꿈이었고 악몽을 꾼 후에는 반드시 생리가 터졌다. 하지만 이제 요의 핏자국은 보이지 않았다. 윤주는 손등으로 이마를 짚었다. 식은땀이 귓불로 흘렀다. 남편은 모로 누운 채 깊이 잠들어 있었다. 반쯤 벌어진 입술 사이로 낮은 숨소리가 흘렀다. 윤주는 맨발로 바닥을 디뎌 일어섰다. 카디건을 챙겨 거실로 나서자마자 울음이 터질 것 같아 윤주는 얼른 방문을 닫았다. 거실 깊숙이 들어찬 달빛이 윤주의 발목을 잡았다. 윤주는 선뜻 빛 속으로 나서지 못하고 한참을 서 있다가 어둠을 밟아 현관으로 향했다.

적막한 밤이었다. 윤주는 카디건을 당겨 여몄다. 겨드랑이 밑으로 교차한 두 손을 찔러 넣고 놀이터로 난 뒤안길을 걸었다. 머리 위 아치 골조를 따라 관상용 호박 몇 개가 매달려 있었다. 설익은 빛깔이 꺼진 알전구 같아 길은 더욱 어둡게 느껴졌다. 놀이터로 들어서자 얇은 슬리퍼 아래로 오톨도톨한 블록의 질감이 느껴졌다. 아이가 없는 놀이터는 패전국의 수도같이 어둠 속에 버려져 있었다. 윤주는 시소와 그네를 지나쳐 조랑말 쪽으로 걸었다. 반짝이던 눈이 어둠에 잠겨 조랑말은 잠든 것처럼 보였다. 아이의 토실한 엉덩이가 닿아 뜨뜻했을 조랑말의 등허리는 차가웠다. 보이시죠? 근종 개수도 문제지만 당장 수술이 필요한 게 몇 개 있어요. 위치도 문제구요. 윤주는 가만히 화면을 들여다보았다. 흑백의 화면은 무변광대한 우주와 다를게 없었다. 부옇게 테두리만 드러난 혹들의 실루엣은 버려진 행성처럼 멀게만 보였다. 재발 방지 차원에서 아예 자궁 적출을 선택하기도 하죠. 조기 폐경까지 겹쳐 심적으로 난감하겠지만 긍정적으로 생각하세요. 말을 마친 의사가 볼펜의 양끝을 잡은 채 윤주를 바라보았다. 윤주는 왼손을 자신의 아랫배로 가져갔다. 배꼽 밑으로 봉긋한 속살이 느껴졌다. 한때는 빛과 바람과 물이 충만했던 그곳. 그곳을 영영 잃을 수도 있다는 게 윤주는 두려웠다. 윤주는 화단을 뒤져 잔돌을 주웠다. 풀숲에서 튀어 나온 고양이에 놀라 몇 개를 흘리긴 했지만 손바닥 위에는 아직 두세 개가 남아 있었다. 윤주는 놀이터 가운데 서서 CCTV를 올려다보았다. 조랑말을 등진 자리였다. CCTV의 불빛이 규칙적으로 깜박였다. 주먹 안에서 공깃돌 부딪치는 소리가 났다. 윤주는 팔을 들어 올렸다. 그리고 힘껏 돌을 던졌다.

엘리베이터는 15층에 멈춰 있었다. 소아과가 있는 층이었다. 윤주는 내림 버튼을 누르고 몇 걸음 뒤로 물러났다. 차를 빼달라는 전화를 받은 남편은 먼저 내려가고 없었다. 가방에 넣어 둔 핸드크림이 보이지 않았다. 윤주는 번갈아 가며 마른 손을 비볐다. 아직은…… 아직은, 좀 그래. 주저하는 윤주를 바라보는 남편의 눈빛은 불안과 염려로 가득했다. 하지만 남편은 윤주의 선택을 존중했다. 근종 제거 수술은 사흘 뒤로 정해졌다.

소리보다 반 박자 늦게 도착한 엘리베이터 앞으로 한 걸음 다가서다 윤주는 우뚝 서고 말았다. 열린 문 안쪽에 아이 엄마가 아이의 손을 잡고 서 있었다. 눈에 먼저 들어온 건 아이였다. 아이는 좋아하는 캐릭터가 프린트된 점퍼를 입고 있었다. 못 본 새 자랐는지 한 단 접어 입던 소매가 이제는 접지 않고도 팔에 맞춤하게 맞았다. 윤주는 내심 아이와 눈을 맞추고 싶었지만 아이는 소시지를 먹는 데 정신이 팔려 있었다. 신참 간호사의 난감한 표정이 떠올랐다. 소시지를 좋아한다는 걸 안 후로 윤주도 간식으로 종종 챙겨주었다. 문이 닫히기 시작했다. 윤주가 한 걸음 뒤로 물러서는데 문이 도로 열렸다.

타시죠.

아이 엄마가 열림 버튼에 손을 올리고 윤주를 바라보았다.

먼저 가세요.

윤주는 아이 엄마의 어깨 언저리에 시선을 둔 채 말했다.

타세요.

아이 엄마가 아이의 손을 잡은 채 엘리베이터 안쪽으로 물러섰다. 내키지 않았으나 더는 사양하기도 어려웠다. 윤주는 가볍게 목례를 한 후 엘리베이터에 올랐다. 윤주가 문 앞에 서고 한 발 뒤쪽 가운데에 아이가 그리고 왼쪽으로 아이 엄마가 나란히 섰다. 윤주는 고개를 들어 내려가는 숫자에 시선을 고정했다. 숫자는 더디게 내려갔다.

일전엔 제가 좀 과민했어요.

아이 엄마가 말했다. 군더더기 없는 말투였다. 뜸을 들인다거나 말끝을 흐리지도 않았다. 문짝에 새겨진 매끈한 물결무늬 속으로 아이 엄마의 얼굴이 비쳤다. 뉘앙스만으로는 대꾸하기 곤란했다. 미안하다거나 사과한다는 말은 뒤따르지 않았다.

아이는 겨울 동안만 친정에 맡기기로 했어요. 내년부터는 어린이집에 보낼 계획이에요.

중간층에서 엘리베이터가 한 번 섰지만 열린 문 너머에는 아무도 없었다.

잘됐네요.

윤주는 닫힘 버튼을 눌렀다. 문이 닫히자 하강음과 함께 엘리베이터가 가볍게 흔들렸다. 현기증이 일었다. 미간을 찡그리며 눈을 살짝 감았을 때였다. 소리가 들렸다.

냠냠.

아이가 내는 소리였다. 좋아하는 걸 먹을 때마다 보이는 아이의 버릇이었다. 특히 꼬마 주먹밥, 완숙 노른자, 딸기 요거트를 먹을 때면 아이는 흡족한 얼굴로 더욱 냠냠거렸다. 맛 평가에 인색하지 않은 아이가 윤주는 마냥 귀여웠다.

먹을 때 그런 소리 내는 거 아니야.

아이 엄마가 낮지만 단호한 목소리로 말했다. 알아들었는지 아이가 이내 조용해졌다. 엘리베이터가 거의 다 내려왔을 때였다.

음마.

아이가 갑자기 엄마를 불렀다. 윤주와 아이 엄마의 시선이 동시에 아이를 향했다. 아이는 반 넘게 먹은 소시지를 손에 들고 있었다. 작은 두 손으로 소시지의 밑동을 밀어 올려보지만 동작은 영 어설펐다.

햄을 안 먹길래 소시지도 싫어하는 줄 알았더니.

아이 엄마가 아이의 손을 놓으며 허리를 반쯤 접는데 아이가 손을 번쩍 들었다. 윤주와 아이 엄마의 시선이 다시 아이의 손을 좇았다. 소시지를 든 아이의 손은 윤주를 향하고 있었다. 윤주는 허리를 곧추 세웠다. 아이 엄마와 눈이 마주쳤다. 아이 엄마는 헛웃음을 지으며 손을 거뒀다. 윤주는 아이를 향해 천천히 몸을 틀었다. 그리고 올려다보는 아이의 눈을 가만히 들여다보았다. 맑고 깨끗한 눈동자였다. 그 까만 눈동자 안에 든 자신이 보였다. 윤주는 손을 뻗어 아이가 내민 소시지를 받아 들었다. 아이가 기대에 찬 눈으로 발을 굴렀다. 윤주는 소시지의 비닐을 나선형으로 돌려 먹기 좋게 벗겼다. 그리고 흘리지 않도록 한 손으로 아이의 팔목을 잡고는 작은 손에 소시지를 들려주었다. 소시지를 크게 한 입 베어 문 아이가 윤주를 향해 다람쥐처럼 부풀린 볼을 내밀었다. 윤주는 손을 뻗어 아이의 따뜻하고 보드라운 볼을 가볍게 튕겨 주었다. 아이의 볼이 분홍빛으로 빛났다.

볼리비아 우표

수신 : 정수현.

Calle Chuquisaca 445, Potosi, Bolivia

난데없고 어이없다. 너란 사람은.

10년 만에 보낸 엽서에 안부 인사도 없이 대뜸 한다는 말이.

—우표책, 네가 갖고 있지? 돌려줄래?

간결 담담한 너의 글은 꼭 너의 콧날을 닮았다. 두루뭉술한 여유도 없이 오뚝하게 솟아서 미끈하게 떨어지는 풀 마른 산기슭 같던 너의 콧날. 미끄러지던 뿔테안경이 간신히 너의 콧방울에 매달려 있을 때도 넌 추켜올릴 생각도 않고 그 너머로 글자를 읽어 내려갔지. 시력이 1.5인 네가 안경을 맞출 때 난 너의 그 복잡한 심사가 궁금했어. 투명한 눈으로 불투명한 유리

알 너머의 세상을 들여다보던 너의 흔들리는 초점이 보이는 것만 같았다. 어쨌든 그 도수 없는 뿔테안경이 모범생이었던 너를 한층 더 돋보이게 한 것만은 틀림없어. 멀쩡한 시력을 가지고도 기어이 안경을 쓰려 하는 너를 엄마는 참 못마땅해하셨어. 하지만 밤색 테 안경을 쓴 너의 모습에 감탄하던 엄마의 얼굴이 선명하게 기억난다. 그래. 맞아. 내가 봐도 넌 안경 쓴 모습이 훨씬 보기 좋았으니까. 영국 신사 같았다.

—열두 달을 영어로 말해봐라.

기억하지? 아버지가 너를 데리고 온 첫날, 앉은자리에서 화살처럼 던졌던 이 질문. 얇은 외 쌍꺼풀의 허여멀건 얼굴로 고장 난 천칭처럼 한쪽 어깨를 축 늘어뜨리고 바닥에 시선을 내리꽂던 너. 너에게서 저만치 비껴 앉은 아버지가 담배를 태우며 던진 질문. 매캐한 연기 속에 식물처럼 앉아 있던 너. 고개를 들어 아버지와 같은 방향, 닫힌 대문을 내다보며 작지만 분명한 목소리로 말했지.

—재뉴어리, 페브러리, 마치, 에이프릴…… 노벰버, 디셈버입니다.

아버지가 재떨이에 담배를 비벼 끄고는 너를 바라보았지. 지금이야 유치원생도 다 아는 단어지만 이십 년 전만 해도 중학교에 들어가서야 영어공부를 시작하던 때니 열네 살 너에게 그럭저럭 어울리는 질문이었지.

—본가에서도 말했다시피 나는 너를 공부시키기 위해 데려왔다. 아들 넷 중에서도 공부 잘하는 너를 시골에 그대로 두기 아까워하셨다, 형님께서는. 너도 알다시피 나는 자식이 지현이 저 아이 하나뿐이니 하나는 더 거둘 여력이 되고. 잘 먹이고 잘 입히지는 못해도 네 공부 뒷바라지는 그럭저럭 되리라 본다. 그저 너는 하던 대로 공부만 하면 된다. 남의 집도 아니고 네 작은집이다. 복잡하게 생각할 거 없다. 결국엔 널 위한 거니 그런 줄로 알고.

듣는지 마는지 미동도 없이 앉아 있던 네가 고개를 들어 나를 돌아봤어. 무언의 동의라도 구하는 듯. 나는 부러 너의 시선을 맞받아쳤지. 무릎 위에 단정하게 놓여 있던 너의 하얀 손, 하얀 손목. 순간 너의 손끝이 파르르 떨렸을까 아님 바라보던 나의 눈꺼풀이 떨렸을까. 알 수는 없지만 분명 우린 둘 다 그 순간 깊고 긴 마음의 파동을 같은 진폭으로 느꼈음에 틀림없어. 그때부터 너는 내 삶에 포개지듯 겹쳐졌으니까. 그래서 난 네가 너무 싫었다.

내 삶에 인터셉트하듯 미끄러져 들어온 너. 멋지게 공도 빼앗았지.

중2 정수현, 중1 정지현. 사촌에서 남매로 맺어지기엔 서열이 분명치 않았어 우린. 너는 1월생, 나는 4월생. 너를 오빠라 부르기엔 지난 13년 동안 당연히 네 이름을 부르던 나의 자존심이 허락지 않았지. 부모님은 남들에게 너를 지현이 오빠로 소개했지만 난 한 번도 널 오빠라고 부르지 않았어. 오로지 넌 정수현이었을 뿐.

전학 와서 치른 첫 중간고사에서 넌 전교 2등을 하며 양가 부모님의 기대에 한번에 부응했지. 네 덕분에 우리 엄만 학교 자모회 회장으로 뽑히는 영광까지 누렸고. 마술 모자의 비둘기처럼 등장한 너로 인해 잘난 아들을 둔 잘난 엄마가 될 수 있었던 거지. 사정을 모르는 사람들은 지현이 엄마보다 수현이 엄마로 부르며 우리 엄마의 어깨를 한껏 부풀려 올렸으니까. 당연히 반에서 2등도 못하는 내가 그 누구의 안중에 있었겠니. 중고등학교 내내 전교 1등만 했던 네 눈에 특히 내가 보이기나 했겠니.

진무 삼촌 기억하지? 우체국에 다니던 막내 외삼촌 말이야. 뭐, 너하고야 피가 섞이지도 않았으니 외삼촌이란 표현이 썩 어울리는 표현은 아니지만 달리 뭐라고 말하겠니. 삼촌이 결혼 전에 주말이면 늘 우리 집에 놀러 오곤 했었잖아. 그때마다 꼭 우표책을 들고 와서 우리 앞에 펼쳐 놓고는 하나하나 자랑하듯 설명을 했지. 나는 귀 기울여 듣지 않았지만 넌 삼촌의 얘기를 아주 흥미롭게 들었지. 가끔은 질문까지 하면서. 우표에 대한 관심을 보이는 널 삼촌은 아주 예뻐했더랬지.

―가로세로 2cm의 작은 그림 역사책을 보는 기분이랄까. 이건 79년, 제8회 세계 여자농구 선수권대회 서울 개최 기념우표. 79년이면 88올림픽 유치 운동이 절정이었을 때니 이 대회도 아

마 올림픽 유치를 위한 하나의 수단이었겠지. 덕분인진 몰라도 어쨌든 우리나란 80년도에 올림픽 개최권을 따냈으니까 말이야. 이건 80년 한일 간 해저케이블 개통 기념. 영국과 프랑스 사이의 도버해협을 연결하는 해저터널처럼 언젠가 한일 사이에도 해저터널이 생기지 않을까. 그럼 해저터널 기념우표도 나오겠지. 역사가 이렇게 작은 크기의 종이 안에 기록된다는 게 신기하지 않니?

삼촌이 펼쳐 놓은 우표들을 너는 꽤나 진지하게 바라보다 그 중에 하나를 집어 들어 만지작거렸지.

—사막 안 같지? 너무 하야니까. 사막이 된 바다야. 아주 오래 전에 바다였는데 지반이 융기되면서 바닷물은 마르고 소금만 남아서 만들어진 사막이래. 이름이 뭐였더라. 어, 그래. 우유니 사막. 볼리비아에 있는. 멀긴 하지만 한 번쯤 가보고 싶은 곳이지. 바다가 사막이 되다니. 그 세월의 깊이가 느껴지니?

마치 바다가 사막으로 변하는 영원과도 같은 시간을 헤아리듯 우표를 들여다보던 너. 네가 하도 조몰락거리니까 삼촌이 선물이라며 너에게 주었더랬지. 우표 한 장에 담긴 세상이 궁금해서였을까. 너는 그때부터 취미로 우표를 수집했어.

외삼촌은 기념우표가 나올 때마다 우편으로 너에게 보내주었고 그때만큼은 수학책 대신 우표책을 펴 놓고 진지하게 우표를 꽂아나가던 네 모습을 볼 수 있었어.

정수현.

네가 거기에 있을 줄이야.

돌아오지 않는 너로 인해 본가와 우리 집이 발칵 뒤집혔을 때 왜 난 너의 최종 목적지가 그곳이 될 거라고 생각하지 못했을까? 미처 바짝 마르지 못한 바다 위에서 서걱거리는 소금을 밟으며 사막의 끝을 바라보고 있을 너를 상상하기가 그리 어렵지도 않은데 말이야. 단 한 통의 전화도 없이 간간이 본가로 보내는 엽서로 너의 생존을 알아야 했던 가족들의 온갖 걱정과 염려 속에서도 난 네가 그다지 궁금하지 않았어. 나에겐 너의 상처가 크게 보이지 않았다. 오히려 네 앞에 펼쳐질 영광과 번영의 환호에 찬물을 끼얹고 싶었을 뿐이지. 알았던들 찾을 수나 있었을까. 넌 이미 먼 별과도 같은 먼 사막에서 결정으로 굳어버린 네 삶의 소금 알갱이를 찾고 있었을 테니 말이야.

네가 고등학교에 입학하던 그해 봄, 넌 취미였던 우표 수집을 그만뒀어. 그만둘 수밖에 없었지. 우표책을 잃어버렸으니까. 네가 본가에 간 사이에 엄마는 너의 중학교 책을 정리했는데 그때 같은 책장에 꽂혀 있던 너의 우표책까지 휩쓸려 버려졌지. 네 방 어디에서도 찾을 수가 없었어. 본가에서 돌아온 네가 얼굴이 파랗게 질려서 책을 처분한 고물상으로 달려갔지. 무덤 같은 책 더미 사이에서 너의 중학교 교과서는 모두 찾을 수 있었지만 우표책은 끝내 찾을 수 없었지. 상심한 얼굴로 돌아와

텅 빈 책상 앞에 앉아 있던 너의 그 뒷모습이 분명히 생각나. 너는 그날 연한 하늘빛 셔츠에 짙은 바닷빛 스웨터를 입고 있었어. 바지는 갈색 코르덴 바지. 목이 긴 너에게 엄마는 항상 셔츠를 사서 입혔지. 좋다 싫다 말도 없었던 너. 생각은 있는 거야 없는 거야? 버럭 소리를 지르는 나를 바라보던 너. 네 눈 속에서 증발해버린 바다의 소금 결정과도 같은 진심을 캐내기엔 나도 너무 어렸어.

우표책을 잃어버리기 얼마 전 설날 기억하니? 네가 고등학교에 수석 입학하던 그해 겨울 말이야. 중학교 내내 전교 1등을 하던 너는 모두의 기대와 예상대로 우등생들만 간다는 고등학교의 입학시험에서도 1등을 했지. 마치 너를 처음 데리고 오던 날 했던 아버지의 당부가 너의 역사적 사명이라도 되는 듯 넌 정말 충실하게 공부만 했지. 큰아버지와 아버지의 정치적 결탁은 꽤나 성공적인 셈이었어. 빠듯한 살림에 아들 넷 뒷바라지가 어려웠을 큰아버지는 아들이 없는 우리 집에 너를 양자로 보내 돈 들이지 않고 공부를 시킬 수가 있었고, 우리 아버지는 두 자녀 교육이 가능했던 공무원에 딸만 하나를 두었으니 너를 양자로 들여 공부시키며 제삿밥 올려줄 아들을 남도 아닌 조카 중에서 얻었으니, 너희 집과 우리 집 양쪽에 나름 윈윈 전략이었을 테지. 그래. 내가 봐도 나쁘진 않았다. 아들을 낳지 못해 제구실 못 한 며느리 취급받던 엄마 입장에서도—이 무슨 조선시대 이야긴지—남보다야 조카가 거두기 쉬웠을 거고 본가 어른들 앞에서도 당당해질 수 있었을 테니. 문제는 네가 너무 공부를 잘한다는 거였어. 1등만 하는 게 문제였지. 너로서는 최선이었겠지만 내가 볼 땐 최악이었다. 기어이 일은 그해 겨울, 설날에 터지고야 말았지.

축, 정수현 ○○고등학교 수석 입학

마을 입구에 높다랗게 걸려 있던 현수막은 길 양옆의 전봇대 두 개를 기둥 삼아 걸려 있어서 그런지 마치 개선문 같았어. 마을에 현수막을 걸었다는 말은 이미 들어 알고 있었지만 발표가 난 지 두 달이나 지난 그때까지도 걸려 있을 줄은 몰랐다.

—쳇, 촌스럽게.

내 비아냥과는 상관없이 너도 좀 민망했는지 귓불이 발갛게 달아올랐지.

—집성촌이라 그런 거다. 한 핏줄이라 생각하니 모두 다 집안 일처럼 기뻐하는 거고. 촌스러운 게 아니지.

아버지의 말에 샐쭉해진 나는 괜스레 너를 흘겨보았지. 그 뒤로도 몇 달을 현수막은 솟대처럼 마을을 지키듯 걸려 있었다.

음식 준비가 한창이던 늦은 오후였어. 네가 다녔던 초등학교의 교장 선생님과 면장님이 너를 보기 위해 큰집으로 찾아왔지. 마을의 자랑이 된 너를 그대로 두기엔 수석 합격의 영광이 너무나 컸을 테지. 네가 공부를 위해 도시의 작은집에 머무르는 걸로만 아는 교장과 면장은 본가 부모님의 손을 잡고 그간의

공을 치하하기에 바빴어. 고향을 빛낼 훌륭한 인물로 키워주기를 바란다며 너를 가운데 앉히고 본가 부모님과 교장, 면장이 함께 사진을 찍을 때 너는 보았니? 렌즈 뒤편에 어정쩡하게 서 있던 아버지를. 부엌 귀퉁이에 서서 잴 수 없는 표정으로 부침개 뒤집개만 만지작거리던 우리 엄마를. 웃지 못한 사람은 너뿐만이 아니었단 걸 아냐고. 본가 부모님, 아니 정확하게 너의 부모님만 웃고 있을 뿐 우리 부모님, 나, 그리고 너조차 웃고 있지 못했었다고.

한바탕 해프닝이 끝난 뒤 내가 방에 들어갔을 때 넌 책상 앞 의자에 오도카니 앉아 있었지. 너의 등 뒤로 마지막 햇살이 물들 듯이 쏟아지던 게 기억나는 거 보면 저녁 무렵이었나 보다.

—우습다. 우스워.

넌 고개를 들어 나를 힐끗 바라보았지. 텅 빈 동굴과도 같던 너의 그 두 눈.

—죽 쒀서 개 준다는 말 이럴 때 쓰는 거지?

—…….

—난 웃는 큰아버지, 큰어머니보다 네가 더 싫어. 그런 사진 찍고 싶니? 그러고 싶어?

—나가 주라. 혼자 있고 싶어.

—너 우리 아버지, 엄마한테 제대로 아버지, 어머니라고 불러본 적이나 있어? 너 중학교 3년 내내 매일 도시락 싸준 사람이 어느 엄만데? 그 잘난 공부 하게 한다고 참고서, 문제집 사다

바친 사람이 어느 아버진데? 그 잘난 아들 자리 꿰차고 네가 한 게 뭔데?

—그만해.

—너 땜에 나는 뭔데? 큰어머니, 너희 엄마 걸핏하면 나한테 수현이라도 있으니 지현이 네 자리가 생기는 거다. 친구 대하듯 하지 말고 꼬박꼬박 오빠라고 불러라. 몇 달 차이가 무섭다. 지현이 너보다 뭐든 안 낫나, 하면서 사람 끝까지 비교하고. 그럴 거면 다시 데려가지 왜 우리 집에 둔대. 그 잘난 아들 뺏길까 봐 무서워 죽겠으면.

정물처럼 꼼짝 않고 앉아 있던 네가 천천히 일어섰지. 석양의 남은 빛을 그대로 받아서인지 너의 얼굴은 붉게 물들어 있었지. 다짜고짜 쏘아대는 나의 왼팔을 붙잡고 너는 내 눈을 한참이나 뚫어져라 들여다보았어. 반짝거리던 뿔테안경의 렌즈 속으로 보이던 너의 그 두 눈. 오래전 말라버린 우물의 바닥처럼 너의 눈은 건조했어. 차라리 눈가에 물기라도 머금었음 나았으려나.

—박쥐.

—…….

—박쥐 같은 자식.

—…….

순간 너의 눈 속에서 쩡하고 갈라지던 시선. 프리즘을 통과한 색색의 빛처럼 사방으로 흩어지던 너의 눈빛. 쏟아지던 너의 그 눈빛을 난 그대로 받아들일 수 없었어. 나의 왼팔에 더

해져 오던 너의 손힘에 어깨가 그대로 움츠려졌어. 나는 몸을 비틀었어.

—놔.

—다시 말해봐.

—놓으라고.

반대쪽으로 다시 몸을 비틀어봐도 너는 버티며 놓아주지 않았어. 오히려 잡은 손에 더 힘을 주었어.

—가. 꺼져버려.

견디다 못한 내가 너를 있는 힘껏 밀쳐버렸어. 퍽, 한걸음 뒤로 기우뚱하는 너의 뒤로 툭, 하고 떨어지던 너의 안경. 멈칫한 나는 왼팔을 부여잡은 채 떨어진 안경의 자리를 찾아 돌아보았지. 너는 긴 두 팔을 늘어뜨린 채 석고상처럼 서서는 꼼짝도 하지 않았지. 붉게 달아오르는 콧등과는 다르게 창백해져가던 너의 얼굴.

정적과 고요 속에 그대로 서 있던 우리 둘 사이로 지나가던 그 어정쩡한 시간들.

개와 늑대의 시간이었을 거야. 저녁 어스름을 등에 지고 서 있던 너의 얼굴에서 흐르던 게 눈물이었는지 코에서 흐르던 피였는지 구별이 안 되었던 걸 보면. 굳이 구별하고 싶지도 않았다. 도망치듯 방문을 열고 나올 때 방바닥에 길게 늘어지던 너의 그림자를 껑충 뛰어넘어 난 달렸으니까.

정수현.

네가 있는 그곳을 지도에서 찾아봤어. 한 번에 가는 비행기도 없어 LA, 상파울루, 라파스를 거쳐 꼬박 하루를 보내야 다다를 수 있는 곳에 네가 있더라.

볼리비아. 볼리비아. 입안에서 동글동글 맴돌다 또르르 굴러가는 느낌의 발음이 나는 나라군. 인구 1,100만 명, 에스파냐어를 쓰고 라파스와 수크레, 두 개의 수도를 가진 나라. 두 개의 수도라. 흠. 너를 닮았군. 알고 간 거니? 행정수도 라파스와 사법수도 수크레. 볼리비아는 두 개의 수도 속에서 평화롭니? 너는 두 부모 사이에서 평온했니? 나는 너의 대답을 알 거 같기도 해.

내가 고1 때로 기억해. 부모님이 안 계신 주말 오후에 우리는 식탁에 마주 앉아 라면을 먹었지. 없으면 굶는 선비 같은 네 덕분에 내가 라면 두 개를 끓였지. 입 짧은 너는 먹는 둥 마는 둥 하더니 반 넘게 남기며 젓가락을 내려놨지.

—왜? 맛없어?

—맛있진 않네.

—난 맛있는데.

—맛없다곤 안 했어.

말장난 같은 너의 말투에 기분이 나빠진 내가 젓가락을 소리 나게 식탁에 내려놓고는 쏘아붙였지.

—넌 왜 말투가 그 모양 그 따위야?

—내 말투가 뭐.

—매사에 부정적이잖아. 재밌니? 재미없진 않아. 쉽니? 어렵진 않아. 좋으니? 싫진 않아. 이쁘니? 밉진 않아. 등등등 이런 식이야. 알고 있어?

—모르진 않았어.

황당한 내 표정 위로 네가 던지던 말.

—정지현. 넌 행복하니?

—뭔 소리야? 생뚱맞게.

—행복하냐고?

—무슨 질문이 그래? 유치하잖아.

—대답해 봐.

—…….

—행복하단 대답이 쉽게 안 나오지? 그냥 불행하진 않다는 대답이 적당하고 불편함을 덜어주지 않니? 뭐뭐하지 않다는 말엔 절반의 긍정과 절반의 부정이 공존하는 거 같아서 말이야. 뭐뭐하다라는 말은 무섭다. 백 퍼센트 인정하는 거 같아서.

딱히 반박할 말을 찾지 못한 나는 네 앞의 라면 그릇을 뺏어 개수대에 쏟아 부었지. 그렇게 내 언짢음을 나타낼 수밖에. 널 무슨 수로 이기겠니.

내가 지금 앉은 자리에서 삽으로 땅을 파고 들어간다면 너와 만날 수 있을까? 한국의 반대편, 대척점에 가까이 서 있는 너를 향해 지금 당장 묻고 싶다. 정수현. 행복하니? 불행하진 않니?

생각해본다면 우리 사이에 꼭 돌배처럼 떨떠름한 기억만 있었던 건 아니었어. 물론 좋은 기억을 끄집어내기까지는 시간이 걸릴 정도로 너와 나는 물과 기름처럼 겉돌기만 했었지. 지금에 와서야 치기 어린 질투와 시기에 씁쓸한 웃음이 먼저 나긴 하지만 나도 그때는 방향타를 놓친 배처럼 표류하던 때였어. 네가 때로는 좌초된 배처럼, 때로는 순풍에 가벼운 배처럼 머무르거나 나아갈 때 나는 격랑 속에 휩쓸린 듯 몸부림치며 그 시절을 보낸 거 같아. 너에 대한 반발심이 나의 반항심을 키워준 건지도 모르지. 굳이 변명을 한다면 말이야.

내가 고등학교에 들어간 해였던 거 같다. 정확하진 않아. 그날은 예고도 없는 폭우로 단축 수업이 있던 날이었어. 아이들은 이른 하교에 신나서 재잘거렸지만 나는 빗속을 뚫고 집에 갈 생각에 짜증부터 났지. 집에 전화를 걸어도 아무도 받지 않았어. 걸어서 10분 거리라지만 우산 없이 뛰다가는 홀딱 젖을 게 분명했어. 별수 있었겠니. 운동화 끈을 고쳐 매고 급한 대로 비닐봉지로 가방만 덮어씌운 채 교문 밖으로 나섰지. 우산도 없이 우왕좌왕하는 친구들 사이에서 스타트의 순간을 노리고 있을 때였어.

—지현아. 저기. 널 보고 있는데.

친구가 문방구 쪽을 턱으로 가리켰어. 처마 끝으로 떨어지는 빗물을 우산으로 받아내며 서 있던 너. 반가운 맘이 잠깐 들었지만 내색하기 싫어서 바로 입꼬리를 내렸지.

—누구? 남자 친구? 오호. 정지현.

—사촌이거든.

신경질적인 내 대답에 머쓱해하는 친구를 뒤로하고 나는 너의 우산 아래로 달려 들어갔지.

—엄마 집에 없던데?

—안 계셔.

—내 우산 줘.

—이게 전분데.

—뭐? 우산 갖다 주려고 온 거 아니야?

—하나면 되지 않나. 제법 큰데.

어이없어하는 나를 보며 너는 그게 무슨 문제라도 되냐는 밋밋한 표정으로 우산을 뱅그르르 돌렸지.

—마중 나오면서 달랑 우산 하나뿐이라는 게 말이 돼? 너란 애 참.

—더 쏟아지는 거 같아. 얼른 가자.

—근데 우산 쓰고 왔으면서 왜 이렇게 젖은 거야?

네가 입은 짙은 남색 셔츠의 어깨 양끝이 이미 비로 흠뻑 젖어 있었어. 빗속을 급하게 달린 사람처럼.

—옷 갈아입을 시간은 있었나 보지.

카키색 바지의 밑단까지 흥건히 젖어 있는 걸 보면서도 너에게는 왜 뾰족한 말밖에 하지 않았는지. 지금의 내가 그때의 너에게 고맙단 말을 한다 해도 시공간을 넘어서지 않는 이상 전해질 수 없다는 걸 알아. 여전히 지금의 나는 너에게 보드라운 말을 쉽게 하지 못해.

비는 강약중강약으로 리드미컬하게 쏟아졌어. 쪼개진 먹장구름 사이로 슬쩍 보이는 파란 하늘이 이 비가 곧 그칠 거라는 힌트만 줄 뿐이었지. 횡단보도 앞에서 우산을 뒤로 젖히고 하늘을 힐끗 올려다보던 너의 안경 위로 툭 떨어지던 빗방울. 검지로 안경의 빗물을 닦아내던 네가 킥킥거리며 웃는 나를 신기한 듯 돌아보았어. 그러더니 갑자기 내 팔을 잡아끌고 방향을 돌려 걷기 시작했어.

—집에 안 가?

—가볼 데가 있어.

—어딘데?

너는 내 책가방을 뒤에서 받쳐 밀어 나를 앞장세웠고 나는 떠밀려 가면서도 너의 빗물 떨어진 안경이 우스워 쉽게 웃음을 멈추지 못했어. 흰 운동화 위로 튀어 오르던 흙탕물마저 그리 불쾌하지 않았던 걸 보면 나는 꽤나 유쾌했었나 봐.

네가 데리고 간 곳은 동네 뒷산으로 이어지는 산기슭의 작은 공원이었어. 주로 쓰는 등산 진입로가 아니었던 탓에 사람들의 왕래가 적은 곳이었어. 해가 온전히 들지 않는 곳인지 나무들이 하늘을 향해 쭉쭉 뻗어 울창한 숲에 들어온 기분마저 들었어.

집 한 채 정도의 터에 나무 벤치 두세 개가 전부라 공원이라고 부르기도 애매했지만 길가에는 공원 표지판이 분명히 걸려 있었어. 그사이 비는 거의 그쳐 나는 우산 아래서 나와 정자 처마 밑으로 들어갔지. 시골집의 긴 툇마루에 지붕만 얹은 특이한 모양새의 정자였어. 너는 운동화를 벗고 나무가 우거진 쪽의 마루로 올라가 앉았어. 나는 마루에 삐딱하게 걸터앉아 한쪽 다리를 건성으로 흔들어댔어. 젖은 풀내가 좋았던 기억이 나.

—너도 올라와.

—싫어. 신발 다 젖었단 말야.

너는 안경을 벗어 손에 들고는 숲 쪽으로 고개를 돌리더니 한쪽 귀를 아래쪽으로 기울였어. 덩달아 내 고개가 기우는데 너의 귀가 다가간 곳은 마루에 꽂힌 긴 대나무 관이었어. 대나무 관은 한 팔 길이의 간격을 두고 두 개가 꽂혀 있었고 귀를 갖다 대기에 가장 알맞은 높이를 유지하고 있었어. 너는 살짝 비껴 앉아 대나무 관에 귀를 대고는 고요히 멈추어 있었어. 짙은 남색 체크 셔츠의 네 등 너머 보이던 짙푸른 울창한 숲. 나무 사이로 흐르던 바람과 간간히 떨어지던 빗방울들. 너는 풍경 속에 그대로 스며들어 한참 동안 꼼짝하지 않았어. 호기심이 인 나는 신발을 신은 채 무릎걸음으로 너에게 다가갔어. 너는 눈을 감은 채 여전히 귀를 기울이고 있었어. 너를 따라 나도 다른 대나무 관에 귀를 가만히 대어보았어.

—들려?

이상해. 저절로 눈이 감기더라. 아주 깊은 항아리에 떨어지는 물방울 소리가 실로폰 소리처럼 청아하게 울렸어. 방울방울 떨어지는 물방울이 사방으로 튀어 오르며 메아리가 되는.

—들려.

나는 고개를 들어 위아래 주위를 훑어보았어. 마루 밑의 대나무관은 땅에 묻힌 목이 좁은 항아리 속으로 이어져 있었어. 그 외에는 어디에도 소리가 날 만한 장치는 보이지 않았어.

—아주 오래 전에 한 조경사가 만든 정원이었대. 정원은 사라지고 지금은 이것만 남은 거래.

—어디서 나는 거야, 소리는.

너는 고개를 저었어.

—몰라. 그저 비 오는 날에 들을 수 있다는 것만 알아.

너는 다시 귀를 대고 물방울 소리를 들었어. 이 비가 그치기 전에 실컷 위로받고 싶은 사람처럼. 긴 목을 늘여 귀를 기울이던 너의 귓가에 오소소 돋아난 솜털이 빛 속에 흔들려 늘 정물 같던 너를 다소 생기 있게 만들었어. 너는 비가 그치고도 한참이나 더 그러고 있었어. 참 이상해. 오래된 풍경은 흑백의 이미지로 저장되기 마련이잖아. 그런데 이 풍경은 유독 내게 폴라로이드 사진 같은 따뜻한 질감의 컬러로 매번 떠오른다. 비 오던 여름의 푸른 숲 때문인지, 자유롭지만 무거웠던 청춘의 벼린 감각 때문인지는 잘 모르겠어.

내가 이날의 일을 비교적 정확하게 기억하는 또 다른 이유가 있어.

집에 도착해 우산을 접는 너를 뒤에 두고 내가 먼저 현관으로 뛰어 들어갔어. 대문에서 현관에 이르는 몇 초 동안 손우산을 했음에도 다시 쏟아지던 비에 금세 어깨며 가방이 젖어버렸지. 현관에 서서 머리와 손의 물기를 털면서 난 무심코 현관 옆 우산꽂이를 보았지. 서너 개의 우산이 꽂혀 있었어. 여러 개의 우산 중에서 겨우 하나만 쓰고 나온 너의 심보가 너무 얄미웠지. 그런데 말이야. 지금에 와서 생각해보면 네가 왜 그랬는지 알 것도 같다. 내 짐작이 맞는지는 모르겠지만.

—육사를 가야 안 되겠나?

본가에서 올라오신 큰아버지가 자리에 앉자마자 대뜸 너를 향해 던진 말씀이었지. 네가 고3이 되던 해 본격적인 입시철을 앞두고 아버지가 너의 진로를 의논하기 위해 큰아버지를 모신 자리였어.

—형님, 수현이는 체력이 약한 편이라 육사는 무립니다. 육사는 체력 시험도 본다는데 지금부터 준비하기엔 시간도 부족하고 서울 쪽 대학에 보내는 게 낫지 싶습니다.

—육사는 학비도 거의 안 들고 또 고향 사람들은 수현이 애가 무조건 육사 아니면 서울대는 따 놓은 당상으로 여기고 안 있나. 집성촌이라 그런지 수현이에 대한 기대도 크고. 육사가 이

래저래 보기도 좋고 돈도 적게 들고 딱이다 싶은데.

—그렇긴 합니다만 수현이 학비 문제야 뭐 걱정할 거 있습니까. 제가 정년까지는 아직 좀 남았고 경제적으로도 큰 무리는 없지 싶습니다. 가고 싶다는 대로 일단 보내고 지가 열심히 해서 유학도 가고 박사도 따고 해서 성장하는 것도 좋지 않겠습니까.

—수현이 네 생각은 어떠냐?

큰아버지는 한쪽에 모로 앉아 남 얘기 듣듯 무심한 너를 돌아보았어.

너는 속내를 알 수 없는 얼굴로 방바닥만 내려다볼 뿐 별다른 말이 없었지. 보는 사람 답답하게 만든다는 걸 알면서도 대답이 한참이나 늦는 너의 버릇이 지금은 고쳐졌는지 궁금하다. 애초에 너의 대답은 기대도 안 했다는 듯 큰아버지는 다시 아버지를 향해 돌아앉았어. 잠시 주저하던 큰아버지는 좌탁 위의 물잔을 들어 절반 넘게 드시고는 결심했다는 듯이 입을 여셨지.

—동생. 내가 하는 말 섭섭하게 듣지는 말게. 세월이 흐르고 세상이 변하듯이 사람 사는 사정이나 마음도 조금씩은 바뀌는 거 아니겠나. 그래서 말인데. 수현이 저 애를 내 호적으로 다시 옮겼으면 해서 말이지. 옮기는 것도 아니고 그저 원래 자리로 돌려놓는 것이고.

기억해? 그 순간 그 거실의 정적. 그곳에 있었던 큰아버지, 우리 아버지, 우리 엄마, 정수현 너, 나. 궁금하지 않니? 그때 다섯

명이 했을, 수학 함수보다 복잡했을 계산이. 큰아버지가 던진 그 말을 이해하는 데도 한참이나 걸리는데 어떻게 풀 생각까지 했겠니. 그저 애먼 방바닥의 돗자리만 죽죽 긁어댈밖에. 차마 비보를 접한 부모님의 얼굴을 바로 볼 자신이 없었어. 흔한 말로 썩소이지 않았을까 싶다. 너는 모르는 표현이겠지만, 어떤 표정인지는 대충 짐작할 거야. 너도 그 자리에 있었으니까.

—동생은 이해하기 어렵겠지만 멀쩡한 자기 핏줄을 남의 호적에 올려 키운다는 게 영 맘이 편한 일은 아니야. 어머니 살아계실 때 늘 동생이 지현이 저 애 하나만 둬서 나중에 제삿밥이나 얻어먹겠나 하시며 걱정을 하셨고 마침 동생이 공무원이라 하나는 더 뒷바라지할 여력이 된다 해서 보내긴 했지만 마음이 쓰이는 게 안 좋았네. 재 엄마는 더 그렇고. 자식 넷이라 해도 안 아픈 손가락 있겠나. 어려운 살림에 못 거두고 남의 밑에 두는 게 한이 됐나 보더라고.

남이라고 했다, 큰아버지는. 동생이 아닌 남, 이라고 분명히 말했다. 아버지는 너를 조카로 핏줄로 거둬들였을 텐데 큰아버지는 자식을 남, 에게 맡긴 거라고 생각한 거지.

—저도 수현이가 공부 마치고 때가 되면 돌려보내려 했습니다. 요즘 세상에 누가 아들 두고 제삿밥 얻어먹습니까. 그저 지현이 혼자 형제 없이 크는 것도 안쓰럽고 또 수현이 재능이 아까워서 그랬을 뿐이지 뭐 다른 욕심 없습니다.

—그렇다면 내가 동생 보기 한결 편하고. 어디 있든가 그게

뭐 중요하겠나. 6년 자네 밑에서 컸으니 아들이나 다름없지. 일 있을 때마다 수현이가 아들 노릇 할 거네. 우선은 수현이가 크게 나려면 제 호적에 반듯하게 있는 게 흠도 안 될 테고.

—그만하세요. 아버지.

이제껏 듣기만 하던 네가 비로소 입을 열었지. 돗자리의 골을 따라 쓸어 내려가던 나의 손톱이 자리 어느 마디에서 톡, 하고 부러져버렸어. 검지 손톱 끝이 떨어져 나가 몹시 아렸어. 그대로 손가락을 입에 물고 혀끝으로 손톱 밑을 달래듯 더듬었지. 원망과 실망의 얼굴로 제 아버지를 바라보던 너에게서 나는 슬픔을 본 것 같기도 하다.

—아버지도 그만두세요.

너의 시선이 우리 아버지의 어깻죽지를 더듬다 그 너머에 앉아 있던 엄마에게로 향했는지도 몰라. 엄마가 그때 너의 두 눈이 부서진 별사탕처럼 반짝거렸다고 했거든.

너는 그대로 일어나 방으로 들어가 버렸어. 톡, 문을 잠그는 소리가 마치 마침표처럼 분명하고 단정하게 모든 상황을 정리하는 거 같았어.

그만하고 그만두어야 할 것들, 무엇이었을까.

큰아버지의 험험 헛기침 소리가 그 거실에 가득 채울 때 난 여전히 아린 손톱 밑을 혀로 핥으며 네 방문을 바라보았어. 내가 아팠던 만큼 너도 아팠니?

정수현.

네가 묻지 않는 건 나도 말하지 않으려고 해. 난 손해 보는 건 딱 질색이야. 한때 너로 인해 피해 의식과 열등감으로 점철되었던 시간이 있었으니 너에게만은 그다지 관대하고 싶지가 않다. 관찰력은 뛰어났지만 호기심은 없었던 너니까 그다지 궁금해하지도 않을 거라는 거 알아. 본가와 얼마나 자주, 얼마나 자세히 소식을 주고받는지도 궁금하지 않아. 나도 대학을 들어가면서는 명절이 되어도 본가에 가는 일이 거의 없었고 부모님이 물고 오는 본가 소식에도 귀나 입을 열지 않았으니까. 너만큼 나도 본가를 멀리 두고 살았어.

스무 살이 되던 해, 너는 결국 우리 집을 떠났지. 큰아버지와 아버지의 기대와는 달리 넌 아무런 연고도 없던 타 도시의 국립대를 지원했고 차석 입학으로 2년간 학비를 면제받을 수 있었지. 그렇게 너는 우리 집을 떠났지만 본가로 돌아가지도 않았어. 파양 문제는 해결되지 않은 채로 남아 너를 2년간의 미결수로 만들었지. 제대 후 너는 누구에게도 파양의 기회를 주지 않고 교환학생 자격으로 미국으로 떠났어. 출국하는 당일 누구도 너의 뒷모습을 보지 못했으니 홀연히 떠나는 너의 심정이 어떠했을지는 아무도 모를 거야. 어찌됐든 넌 여전히 우리 아버지의 아들로 남아 있게 되었어. 본가의 큰아버지도 그 뒤로 별다른 말이 없었던 걸 보면 아무래도 파양의 시점을 네가 미국서 박사가 되어 금의환향하는 그날로 미뤘음에 틀림없다. 하지만 너는 그곳에서 학위를 따고도 돌아오지 않았어. 어차피 넌 그럴 작정으로 떠났을 테니. 난 그렇게 미뤄 짐작해. 그곳엔 너를 잡아당기는 어떤 세속의 끈도 없으니 저울추처럼 오르락내리락 하던 너의 삶도 균형점을 찾아 안온해졌겠지. 수평의 삶을 산다는 건 어려운 일이야.

정수현.

엽서는 왜 보낸 거니? 단순히 우표책을 돌려받고 싶어서니? 그것도 내가 가지고 있을 거란 확신도 없이.

어쨌든 네 짐작이 맞았어. 우표책은 내가 가지고 있어. 하지만 난 너의 우표책을 일부러 숨기진 않았어. 엄마가 정리하던 네 교과서 뭉치 속에서 발견했을 때 네게 돌려줄 생각이었지. 본가에서 돌아온 네가 새파랗게 질린 얼굴로 쫓아와 우표책 내놓으라고 쏘아붙이기 전까진 말이야. 그때 분명히 내 책상 위에는 우표책이 놓여 있었는데 돌려주기 싫어졌던 거야. 내가 우표책을 빼돌렸을 거라고 생각한 네가 그 순간 정말 괘씸했어. 결코 순순히 돌려주고 싶지 않았어. 너는 그 뒤로 한 달이나 나에게 말도 걸지 않았어. 매달 외삼촌이 보내주는 기념우표는 봉투 속에 담긴 채로 신발장 위에 버려지듯 놓여 있었어. 너는 거들떠보지도 뜯어보지도 않았어. 그게 네 우표 수집의 마지막이었지.

그런데 아무래도 우표책을 너에게 보내기는 어려울 것 같다.

우습게 들리겠지만 그 버려진 우표들을 우표책에 꽂아 넣으며 나야말로 우표 컬렉터가 되었거든. 우표 한 장 한 장을 꽂을 때마다 마음 한쪽 한쪽이 정리되는 게 심사가 복잡하고 우울한 날엔 이만한 취미가 없더라고. 물론 네가 모았던 우표들에 비하면 컬렉션이라 하기엔 많이 부족하지만. 매년 발행되던 크리스마스실까지 연도별로 하나하나 정리해 놓은 걸 보면 아무래도 우표 수집은 너에게 더 어울리는 취미인 게 틀림없다.

정수현.

너의 엽서를 받고 볼리비아란 나라를 검색해봤어. 남아메리카 어디쯤 있다는 것밖에는 도통 아는 게 없었으니까. 그런데 볼리비아와 우표에 관한 특이한 사건 하나가 있더라. 지금 네가 머무르고 있는 볼리비아가 한때 우표 전쟁을 치른 적이 있다는 걸 아니? 너도 알다시피 볼리비아는 파라과이와 국경을 마주하고 있어. 그중 분쟁 지대였던 그란차코에서 1930년에 석유가 발견되었지. 볼리비아는 '볼리비아의 차코'라고 명기한 기념우표를 발행했고 이에 분개한 파라과이가 '그란차코는 과거도 현재도 미래도 파라과이의 것'이라고 써넣은 우표를 맞발행했지. 그로 인해 두 나라는 4년간 우표 전쟁을 했고 주변국의 중재로 그란차코는 파라과이에 돌아갔어. 우표 한 장 때문에 전쟁까지 하다니. 지나친 발상인지는 몰라도 마치 네가 볼리비아와 파라과이 사이에 놓인 그란차코 같다.

한때는 바다였고 지금은 사막인 우유니, 라파스와 수크레 두 개의 수도, 그란차코의 두 주인, 볼리비아와 파라과이. 너를 빗대기에 좋은 나라군. 볼리비아, 볼리비아.

문득 궁금해진다. 그곳이.

정수현.

소인이 찍혀 있어도 괜찮아. 볼리비아 우표 한 장 보내 줄래?

발신 : 정지현, 한국

강이라

제24회 신라문학대상에 단편 소설「볼리비아 우표」가, 2016년 국제신문 신춘문예에 단편 소설「쥐」가 당선되면서 작품 활동을 시작했다.
『소설 21세기』 동인이며, 온다 리쿠(おんだりく) 전작주의자이다.

:: 산지니 · 해피북미디어가 펴낸 큰글씨책 ::

문학

북양어장 가는 길 최희철 지음
지리산 아! 사람아 윤주옥 지음
지옥 만세 임정연 지음
보약과 상약 김소희 지음
우리들은 없어지지 않았어 이병철 산문집
닥터 아나키스트 정영인 지음
팔팔 끓고 나서 4분간 정우련 소설집
실금 하나 정정화 소설집
시로부터 최영철 산문집
베를린 육아 1년 남정미 지음
유방암이지만 비키니는 입고 싶어
미스킴라일락 지음
내가 선택한 일터, 싱가포르에서 임효진 지음
내일을 생각하는 오늘의 식탁 전혜연 지음
이렇게 웃고 살아도 되나 조혜원 지음
랑(전2권) 김문주 장편소설
데린쿠유(전2권) 안지숙 장편소설
볼리비아 우표(전2권) 강이라 소설집
마니석, 고요한 울림(전2권)
페마체덴 지음 | 김미헌 옮김
방마다 문이 열리고 최시은 소설집
해상화열전(전6권) 한방경 지음 | 김영옥 옮김
유산(전2권) 박정선 장편소설
신불산(전2권) 안재성 지음
나의 아버지 박판수(전2권) 안재성 지음
나는 장성택입니다(전2권) 정광모 소설집
우리들, 킴(전2권) 황은덕 소설집
거기서, 도란도란(전2권) 이상섭 팩션집
폭식광대 권리 소설집
생각하는 사람들(전2권) 정영선 장편소설
삼겹살(전2권) 정형남 장편소설
1980(전2권) 노재열 장편소설
물의 시간(전2권) 정영선 장편소설
나는 나(전2권) 가네코 후미코 옥중수기
토스쿠(전2권) 정광모 장편소설
가을의 유머 박정선 장편소설
붉은 등, 닫힌 문, 출구 없음(전2권)
김비 장편소설
편지 정태규 창작집
진경산수 정형남 소설집
노루똥 정형남 소설집
유마도(전2권) 강남주 장편소설
레드 아일랜드(전2권) 김유철 장편소설
화염의 탑(전2권) 후루카와 가오루 지음 |
조정민 옮김
감꽃 떨어질 때(전2권) 정형남 장편소설
칼춤(전2권) 김춘복 장편소설
목화-소설 문익점(전2권) 표성흠 장편소설
번개와 천둥(전2권) 이규정 장편소설
밤의 눈(전2권) 조갑상 장편소설
사할린(전5권) 이규정 현장취재 장편소설
테하차피의 달 조갑상 소설집
무위능력 김종목 시조집
금정산을 보냈다 최영철 시집

인문

범죄의 재구성 곽명달 지음
역사의 블랙박스, 왜성 재발견
신동명 · 최상원 · 김영동 지음
깨달음 김종의 지음
공자와 소크라테스 이병훈 지음
한비자, 제국을 말하다 정천구 지음
맹자독설 정천구 지음
엔딩 노트 이기숙 지음

시칠리아 풍경 아서 스탠리 리그스 지음 |
김희정 옮김
고종, 근대 지식을 읽다 윤지양 지음
골목상인 분투기 이정식 지음
다시 시월 1979 10 · 16부마항쟁연구소 엮음
중국 내셔널리즘 오노데라 시로 지음 |
김하림 옮김
파리의 독립운동가 서영해 정상천 지음
삼국유사, 바다를 만나다 정천구 지음
대한민국 명찰답사 33 한정갑 지음
효 사상과 불교 도웅스님 지음
지역에서 행복하게 출판하기 강수걸 외 지음
재미있는 사찰이야기 한정갑 지음
귀농, 참 좋다 장병윤 지음
당당한 안녕-죽음을 배우다 이기숙 지음
모녀5세대 이기숙 지음
한 권으로 읽는 중국문화
공봉진 · 이강인 · 조윤경 지음
차의 책 The Book of Tea 오카쿠라 텐신 지음
| 정천구 옮김
불교(佛敎)와 마음 황정원 지음
논어, 그 일상의 정치(전5권) 정천구 지음
중용, 어울림의 길(전3권) 정천구 지음
맹자, 시대를 찌르다(전5권) 정천구 지음
한비자, 난세의 통치학(전5권) 정천구 지음
대학, 정치를 배우다(전4권) 정천구 지음